HEYNE <

Das Buch

„Mit dem Kümmelbraten ist es wie mit dem echten Leben: Das Grausliche muss man wegtun, dann aber findet man immer wieder was Schönes."

Eine fremde Welt wartet in Frankenhayn auf den unterwegs in den Urlaub verunfallten Jungen: Für die Großeltern, nächtens in Sarkophage ohne Deckel gebettet, scheint es die normalste Sache der Welt, das Herz eines Schweines zu verspeisen, das eben noch fröhlich vor sich hin quiekte. Dazu trinken sie Wein mit einer Andacht, die sehr an den Pfarrer und sein sonntägliches Ritual erinnert. Überhaupt steht das Katholische in innigster Verbindung mit dem Alkoholischen. Und dem Diabolischen:
Die beiden Cousins, zwei Flaschen, wie sie im Buche stehen, lassen keine Gelegenheit zur Grausamkeit an Mitmensch und -tier aus. Die Flaschen wiederum, die auf den Tisch kommen, sind von monströser Größe: zweilitrig, Doppler genannt, geradezu emblematisch für diesen Sommer 1970.

Die Autor

Thomas Oláh, geboren 1966 in Wien, lebt und arbeitet in Wien und Berlin als Kostümdesigner für Kino und TV sowie als Kulturhistoriker mit dem Schwerpunkt Modetheorie/Geschichte des Körpers. U.a. hat er mit Leander Haußmann in „Kabale und Liebe", mit Oskar Roehler in „Jud Süß", mit Detlev Buck in „Die Vermessung der Welt", mit Shirin Neshat in „Women without Men" (Silberner Löwe in Venedig) und mit Brad Anderson in „Stonehearst Asylum" gearbeitet. 2013 wurde er mit dem Österreichischen Filmpreis für „Die Vermessung der Welt" ausgezeichnet, ferner erhielt er mehrere Nominierungen zum Deutschen Filmpreis. Zuletzt erschien „Wozu mich das Glück noch brauchen wird? Leben und Sterben des Herrn Winckelmann in sechs Monologen" (2017). „Doppler" ist sein Romandebüt und wurde für den Österreichischen (Kategorie: Debüt) und den Deutschen Buchpreis nominiert.

Thomas Oláh

Doppler

Roman

Wilhelm Heyne Verlag
München

MIX
Papier | Fördert gute Waldnutzung
FSC® C014496
FSC www.fsc.org

Penguin Random House Verlagsgruppe FSC® N001967

Deutsche Taschenbucherstausgabe 10/2024

Printed in Germany
Lektorat: Silke Dürnberger
Umschlaggestaltung: Nele Schütz Design,
nach einer Vorlage von: © Müry Salzmann Verlag
Titelbild: Zeichnung von Günter Brus
(»Thomas, ich kenne deinen Stammbaum«), Detail
Druck und Bindung: GGP Media GmbH, Pößneck
ISBN: 978-3-453-42994-9

www.heyne.de

Fallen

In meiner Erinnerung ist alles still, kein Geräusch zu hören, Teile fliegen durch das Innere des Wagens, Muttis Schlüsselbund mit dem silbernen Anhänger, ein Apfel. Und sogar die hölzernen Boccia-Kugeln, sechs Stück zu je knapp einem Kilo; in deren Mitte das kleine, rote Pallino, in einem Plastikkäfig gefangen, ein solides Paket. Und das schwebt jetzt durch den Fahrgastraum. Das schöne Wochenende wird so nicht stattfinden, das sieht auch Vati ganz klar, während er am Lenkrad herumreißt, obwohl er längst die Kontrolle über das Fahrzeug verloren hat. Das sieht Mutti, einen stummen Schrei im Gesicht, die ihre beiden Kinder nicht festhält, sondern in den schwarzen Fußraum zwischen Vordersitz und Rückbank drückt, sie in Deckung bringt, weil das Unvermeidliche immer näherkommt. Zunächst für Mutti. Die Boccia-Kugeln steuern auf einen unsichtbaren Zielpunkt oberhalb ihrer rechten Augenbraue zu, während der Wagen vom rechten an den linken Fahrbahnrand und wieder zurück an den rechten geschleudert wird, hochschaukelt – die Räder links weit vom Boden abgehoben –, plötzlich wieder die Richtung ändert und herumreißt auf die andere Seite. Die Landstraße ist jetzt ein schmales Band, und bald wird es uns abwerfen. Noch weiß Vati nicht, ob nach rechts oder links, der Abgrund ist beiderseits beachtlich und der Crash unausweichlich. Ich freue mich aufs Ende, nicht auf das, was dann kommen wird, sondern darauf, dass das wilde Geschaukel und Gewerfe endlich ein Ende hat, mir ist übel.

Schon trifft das kompakte Paket der Kugeln knackend Muttis Stirn, und das kleine Auto hebt ab, noch eine bockige Wende einleitend, die Kiste fährt jetzt fast senkrecht stehend auf zwei Rädern, verlässt den geteerten Boden, ich kann den Himmel, den strahlenden, augustblauen, wolkenlosen Himmel durch das Seitenfenster sehen, Mutti hat ihren Kopf für einen Moment nach hinten gekippt, als ruhte er auf der Hutablage, und die Boccia-Kugeln haben ihre Richtung geändert und streben jetzt vorwärts auf die Windschutzscheibe zu, da trifft ein harter Schlag meinen Rücken, für einen Augenblick ist der Flug zu Ende. Doch hebt das Auto wieder ab, ein neuerlicher Sprung, jetzt in die andere Richtung drehend, ich glaube, ich muss mich gleich übergeben – ich habe Autofahren nie vertragen –, habe aber keine Tüte zur Hand, ich bin so müde, ich werde nicht kotzen, ich schlafe ein.

Der Lärm weckt mich, Schluss mit Stille, jetzt ist das Leben prall zurück. Eine heiße Sonne, die harten Erdschollen des Feldes drücken, alles voll mit Krumen, auch in der Hose, unter meinem Lieblings-T-Shirt mit lassoschwingendem Cowboy-Aufdruck, ich will auch reiten, über die Felder, die ich vor mir sehe. Vati läuft kreuz und quer über den Acker, sucht etwas, findet einen Schuh, es ist seiner, aber er zieht ihn nicht an, lässt ihn achtlos von seiner Linken baumeln, was sucht er denn?

Mutti liegt seltsam verdreht, ihr Blick gegen den wolkenlosen Hochsommerhimmel, sie träumt, wovon nur, spricht im Schlaf, unverständlich, klagend, warum wischt sie sich das Blut nicht von den Augen, du kannst doch gar nichts sehen. Wisch dir das Blut doch ab, Mutti.

Ich werde hochgerissen von einem Fremden, wo kommt denn der jetzt her, unverständlich spricht er auf mich ein, aufgeregt, mit einem fremden Akzent, wo trägt er mich hin, was macht er hier, schleppt mich die Böschung hoch, ich will sein Gerede nicht hören, alles soll gut sein, das sieht aber gerade nicht so aus, der ist ja ganz durcheinander, er stolpert, wir fallen, ich mache mich los, will zu Vati, ihm helfen zu finden, was er sucht.

Es könnte so ruhig sein hier, wenn man uns ließe. Mutti wird wieder aufwachen, Vati alles finden – meinen Bruder habe ich vergessen. „Welcher Bruder, wo ist der, wie alt?“, schreit mich der Fremde an. Mutti hat ihn unterm Sitz versteckt.

Die müde rufende Sirene des näherkommenden Rettungswagens weiß schon, dass sie nicht mehr zurückfinden werden ins Leben der Anderen, die jetzt tanzen und Würstel essen am Kirchtag in Frankenhayn, die Tanten und Onkel, Cousins und Cousinen. „Wo bleiben die denn?“, wird Großvater bald fragen, und Großmutter wird sagen: „Sie werden schon kommen.“ Aber sie werden nicht kommen, nicht heute und vielleicht nie mehr. Nichts wissen sie von dem, was ich hier sehe. Die Krumen in meinem Mund weichen sich auf zu einem Brei, der seltsam metallisch schmeckt. Ich kann das nicht schlucken. Vor dem Wirtshaus steht eine Bude, ein fahrender Händler, der nicht nur Süßigkeiten verkauft, sondern auch Westerngewehre, ich kann mich nicht entscheiden: für einen nietenbeschlagenen Gürtel mit zwei Halftern, tief hängend, mit einem kleinen

Bändchen am Schenkel festgebunden, so kann man sie leichter ziehen, die beiden silbernen Colts. Oder für eine Silberbüchse. Aber ich werde gar nicht auf dem Kirchtag sein, ich bin aus allem hinausgeworfen, habe keine Verbindung mehr zur Welt. Wo ist mein Bruder?

Ich sitze in einem fremden Wagen, oberhalb der Böschung am Straßenrand geparkt, die Tür offen, meine Beine baumeln über dem Gras, das die Füße kitzelt durch die offenen Sandalen, Lieblingssandalen, aus dunkelrotem Leder, stellenweise fast schwarz, zu ganz persönlichen Skulpturen geformt vom vielen Laufen durch den Sommer, Frühsommer, der voller Versprechen war, aber heute zu Ende ist. Von hier oben habe ich einen guten Ausblick über die steile Böschung: unten im Feld unser Auto, die Kiste, wie Mutti es nennt, liegt auf dem Dach, ich sehe die Eingeweide seiner Unterseite, gewundene Rohre, Streben, Ausbuchtungen, das obszöne Innenleben des Vehikels, das seine Familie in den Abgrund warf. Ein Austin Morris 1100 in hellgrau, auch Jochen Rindt fährt englische Autos, aber mit mehr Erfolg als wir. Noch.

Vati ist weg. Hat er gefunden, was er suchte? Mutti träumt weiter, jetzt zugedeckt mit einer karierten Decke, Schottenkaro, ganz feine gelbe Streifen zwischen breiten roten und schwarzen Balken, seltsam öde rechtwinkelige Anordnung.

Das klagende Heulen der Sirene kommt näher – Bitte ausmachen, nicht diesen Sommermittag stören, bitte, ich werde nie wieder Würstel am Kirchtag essen, es wird mir ohnehin immer übel davon. Jetzt ist mir nicht mehr übel, ich habe aber auch keinen Hunger. Ich will nicht weg von hier, doch diese Riesenhände, Arme zwingen mich ins strahlend weiße Innere des Rettungswagens. Stechender Geruch nach Alkohol, kein Putzmittel, klarer, eindeutig. Gelegentlich chromblitzende Akzente, die Sirene weint weiter, Mutti neben mir, auf einer Liege, ganz verschmiert ist ihr Gesicht, mit Blut und Erde verklebt. „Nein, nein, oh nein. Nein", weint sie. Vati sitzt mir gegenüber, sein Haar zerrauft, und hält die Decke im Arm, zum Bündel gerollt. Ist da mein Bruder?

Ich hätte auf diesem Feld bleiben wollen, es wird nicht besser werden dort, wo wir jetzt hinfahren, auch der Cowboy meines T-Shirts ist blutverschmiert, der Erdenschleim im Mund wird zu viel, und mir wird schlecht.

Einschlagen

Auf eine geheimnisvoll verschlungene Weise fühle ich mich schuld an dem Unglück. Die Auflösung liegt zum Greifen nah, dennoch kann ich sie nicht sehen. Wie ein Traum, kurz nach dem Erwachen präsent, aber die eigentliche Handlung nicht mehr rekonstruierbar, entglitten, die Aufregung noch in den Knochen. Auch wenn außer mir niemand bemerken sollte, wie alles zusammenhängt, der Strafe werde ich nicht entgehen, da bin ich ganz sicher. Für jede Freude ist ab jetzt ein Preis zu bezahlen, für jedes kleine Geschenk wird mir etwas genommen werden. So liegt von nun an im Schönen immer auch ein wenig Angst.

Das Krankenhaus ist ein weißes Gefängnis, jedenfalls von innen betrachtet. Die Patienten sind Insassen, Gefangene ihrer Hinfälligkeit, bestätigt durch vergitterte Fenster und versperrte Türen.

Kinderstation heißt der hohe, kahle Raum. Die Spielsachen liegen wie Krümel auf Betten und Boden herum. Acht Betten in einem Zimmer, in jedem ein kleiner Patient, der mit großen Augen die freudlose Lage betrachtet, bewacht von nüchternen Schwestern, die stets zu laut sprechen und seltsame Faltschachteln wie Nester in ihren hochtoupierten Haarkronen tragen.

Die Tür zu diesem Verlies hat innen zwar keine Klinke, dafür aber ein Fensterchen eingelassen, auch das nur von außen zu öffnen. Und ein kleines Brett in Kniehöhe von Erwachsenen, darauf hätte man seine Tasche abstellen können, wär's im Laden gewesen, hier aber werden nackte Kinderfüße daraufgestellt, damit die kleinen Kranken durch das Fenster ihren gesunden Besuch sehen können. Und umgekehrt. Gelegentlich geht das Fenster auf, und kleine Gaben werden hindurchgereicht. Zu sagen gibt es nichts, und Tränen sind sinnlos. Die Besuchszeit ist fünfzehn Minuten täglich, doch wochentags kommt niemand, und selbst am Wochenende könnten die kleinen Patienten nicht sagen, ob das zu kurz ist oder eigentlich viel länger als erträglich.

Die Kinder ergeben sich drinnen ihrem Schicksal wie die Alten draußen. „Es ist wie es ist. Mutti ist fort, sinnlos, auf eine Rückkehr zu hoffen“, das sehe ich in den Augen meiner mich besuchenden Verwandten. Alle sieben Onkel und die dazugehörigen Tanten sind da, allerdings ohne Cousins und Cousinen, Kinder dürfen nicht ins Krankenhaus, vermute ich, spüre das kalte Trittbrett unter meinen Füßen und schaue wortlos durch das kleine Fenster auf Kopftücher, Hüte, jemand tupft sich mit einem rosa gerahmten Taschentuch die Nase, dann die Augen. Das Fenster bleibt zu, es gibt nichts zu sagen. Sie sind mir fremd, meine Blutsverwandten. Sie sind gar nicht meinetwegen hier, das spüre ich, die Kinderstation liegt nur auf dem Weg. Wohin?

Ich weiß nicht, wie viele Tage ich dort schon zubringe, was es zu essen gibt, ob je ein Arzt nach mir sieht. Ich bin gestrandet, weiß nicht weiter und will nur weg. Was ich nicht ahne: dass dies das mich bestimmende Gefühl bleiben sollte, für lange Zeit.

„Abgeholt wirst. Weil Entlassung ist. Heute. Also.“ Hellgelbbraunes Plastik, mit Reißverschluss und langen

Henkeln landet schwungvoll auf meinem Bett. Kleider, die mir bekannt sind, kommen zum Vorschein, aber diese hässliche Tasche ist mir noch nie begegnet. Auch meine Lieblingssandalen sind da, frisch geputzt. Eine weniger beliebte Hose aus breitem, dunklem Cord mit leichtem Schlag, ein T-Shirt, damals noch Leiberl genannt, mit Aufdruck. Leider nicht der Cowboy, den sollte ich nie wieder sehen. Stattdessen zwei gekreuzte Flaggen, schwarz-weiß kariert, darunter: *Racing Club.*

Von Gehirnerschütterung hatte ich bis zu diesem Krankenhausaufenthalt noch nicht gehört, mir gefällt aber der schwere Ernst des Wortes. Nicht so technisch wie *Schädelbasisbruch* oder gar flapsig wie *Milzriss. Gehirnerschütterung* beinhaltet einen tiefen seelischen Aspekt, und mir ist klar, dass diese Erschütterung mich und meine Welt für immer verändern wird. „*Gehirnerschütterung* –", sage ich also in dunklem Ton, wann immer ich in den nächsten Wochen gefragt werde, was mir passiert sei bei dem Unfall, dem fürchterlichen. Und setze mit kleiner Pause nach: „ – *schwere.*"

Dazu weiß mein Onkel mit dem wilden Auge nichts zu sagen, und ich frage mich, hat er das Wort nicht verstanden oder ist er mit der Tragweite der Diagnose nicht vertraut. Schweigend fährt er den Wagen, mein Abholer, der mich vom Krankenhaus ins Dorf bringt, sein Dorf, von dem ich noch nicht weiß, dass es auch mein Dorf werden wird. Es ist die erste Frage und zugleich der letzte Satz, den dieser Onkel in diesem Sommer an mich richten wird: „Was ist dir passiert?" Ihn möchte ich das auch fragen, fasziniert von der Asymmetrie seines Blickes, sein linkes Auge glotzt weit aufgerissen steil nach oben, während das rechte schmal und teilnahmslos auf mich herabschaut. Wie der Krampus, nur ohne Fell. Und kein Nikolaus weit und breit. Ich möchte wegschauen, mich abwenden, umdrehen, die Augen zumachen und vielleicht einschlafen. Aber das geht nicht, eine Nackenstarre klemmt meinen Blick fest auf den Onkelkopf, ich schaue abwechselnd ins linke hochgedrehte, dann wieder ins rechte zugekniffene Auge.

Sein graues Auto hat drei Sitzreihen und an der rechten Seite eine große Schiebetür. Der Motor sitzt ganz hinten und klingt aufgeregt, vor Anstrengung kreischend. In der Mitte des Lenkrads – ungewöhnlich flach, fast waagrecht wie bei einem Lastwagen angebracht – ist eine unter Klarsichtlack glänzende Vignette zu sehen: ein seltsam eckig gezeichneter Wolf, der auf einer Burg mit Türmen steht. Es scheint weniger ein Auto als ein rollender Behälter, ein fahrender Kasten zu sein. Mit leicht verächtlichem Unterton wird es von allen *Bus* genannt.

So also geht's ins Exil. Meine Verbannung heißt: aufs Land, ins Dorf. Zu Großmutter und Großvater, in deren kleines Haus, das sich wegduckt unter einem zu großen rotbraunen Dach. Wie ein brüchiges Zelt aus tönernen Ziegeln, mit grauschwarzen Flecken von Flechten und moosig-grünen Einsprengseln breitet es sich über die Behausung. Vier Fenster schauen zur Straße hin, jedes ist mit einem weißen Kalkband eingerahmt und setzt sich so vom blassgrünen Anstrich der Fassade ab. Mittig die Eingangstüre mit undurchsichtiger Glasfüllung. Und ganz rechts ein braunes Holztor, steil abfallend darunter die Einfahrt zum Hof, der viel tiefer liegt als die Straße und so eine diskrete Asymmetrie schafft: vorne raus klein und geduckt, von hinten betrachtet eineinhalb Geschosse höher.

Die Häuser rundum kenne ich wie auch die meisten Einwohner des Dorfes von Besuchen als Feiertagsgast dem familiären Kalender der Verpflichtungen entsprechend: Ostern, Kirchtag immer Anfang August, Stefanitag. Die Großeltern, deren sechs Kinder, fünf davon verehelicht, und die 16 Enkelkinder, alle in ihrer Küche, die eigentlich kaum Platz für zehn bietet, essend und trinkend, das ist das großelterliche Ideal von feierlichem Zusammensein. Sie werden stets nur *Vater* und *Mutter* gerufen, auch von den Enkelkindern. Ein verniedlichendes Opa oder Großmutti wäre keinem auch nur im Scherz eingefallen, sie sind die beiden unerschütterlichen Konstanten unseres jungen Lebens. Schon die Vorstellung, dass sie jemals jugendlich und agil gewesen sein könnten, scheint absurd, sie sind nicht anders denkbar als mit behäbigem Gang. Monumente der Unveränderlichkeit. Weit weg, sehr weit weg ist ein Ende zu befürchten, aber bis dahin ändert sich nichts. Und deshalb heißen sie: *Mutter* und *Vater*.

Diese Statthalter meiner Verbannung empfangen mich jetzt im Zentrum ihrer häuslichen Existenz – wo sonst –, in ihrer Küche, mit einer Herzlichkeit, als gäbe es auch nur irgendeinen Grund zur Freude. Umarmen, drücken, über den Kopf streichen, auftischen, brotstreichen, apfelschälen, einschenken. Das in Schnitten geteilte, dick belegte Brot heißt hier: Reiter. Die verzehre ich jetzt und bemühe mich, dabei den Ausdruck des

Widerwillens gegen alle Verlockungen konsequent aufrechtzuerhalten.

Mutter und Vater, sie sagen nichts, und ich traue mich nicht zu fragen. Ich will die Antwort gar nicht hören, meine Hoffnung nicht zerstört sehen. Den Lauf der Dinge anhalten, das will ich, hier mit Reiter, Vater, Mutter, den Moment so sehr dehnen, dass das, was längst geschehen ist, erst viel später einschlagen kann, mich treffen und verletzen.

Alle Reiter werde ich zerbeißen, verschlucken, und Mutter wird neue hinstellen, das ist der Lauf der Welt, und wenn wir gar keine Lücke zwischen den Augenblicken aufkommen lassen, wird alles so bleiben, wie es ist, es ist nicht gut, aber das noch viel Schlimmere wird draußen bleiben, draußen, wo es Sommer ist, die Schwalben tief fliegen und alles nach Schweinemist riecht. Mein Sommer ist das nicht, ich habe das nicht gewollt.

Mutter trägt wie immer einen geblümten Kittel, davon muss sie unzählige haben. Einer gleicht dem anderen nur auf den ersten Blick, dem aufmerksamen Betrachter offenbart sich ein Panoptikum der Kittelwelt, die hier übrigens *Schürzen* genannt werden, obwohl es auch Schürzen gibt, die wie Schürzen aussehen und auch so heißen, aber dann sind da eben noch die Kleiderschürzen, und das meint die Kittel, kurz *Schürzen*. Alle Exemplare ihrer Kleiderschürzensammlung haben vorne einen Verschluss, zumeist Knöpfe. Allerdings gibt es auch einige modernistische Exemplare mit Reißverschluss, immer mit zwei Taschen in Hüfthöhe und in einem Blumenmuster, das zwischen subtil kleinteiliger

Zweifarbigkeit und psychedelischer palatschinkengroßer Buntheit eine Vielzahl von Abstufungen kennt. Schürzen trägt Mutter immer, außer sonn- und feiertags. Und beim Kirchgang jedweden Anlasses natürlich sowieso nicht, aber ansonsten stets und immer in Kombination mit einem Kopftuch. Das Haupt zu bedecken, gehört sich so, und alle halten sich daran, auch die Männer im Dorf gehen nie barhäuptig, draußen, auf der Gasse.

Im Haus, unter sich, ist man ohne Hut, und als Ausdruck des Respekts nimmt man den Hut auch auf der Straße ab vor Leuten, die ein Amt bekleiden, das jenen vorbehalten ist, die diesen Respekt verdienen. Der Hut, das Kopftuch der Männer – beweglich im Gegensatz zum Damenstück –, wird für den *Herrn Doktor* oder *Hochwürden* bei jeder flüchtigen Begegnung ehrerbietig kurz gelüftet, die vermeintliche Ergebenheit durch Entblößung andeutend. Für seinesgleichen bleibt der Hut auf dem Kopf, lediglich der Zeigefinger, gestreckt, wird kurz an die Krempe gelegt, wie ein verblödelt-militärischer Gruß. Jüngere Männer unterlassen, genauso wie die Frauen, eine Bewegung von Hand und Hut, zeigen lediglich ein schräges Nicken, als würde im Nacken etwas ganz leicht jucken, das den Aufwand, mit der Hand hinzugreifen und mit dem Finger zu kratzen, gar nicht lohnte, als ließe es sich wegnicken.

Und so ergibt sich eine gewisse Ordnung durch das Reglement der Hüte und des Anhebens derselben über die Jahre, und auch wenn heute keiner mehr so recht weiß, warum er wann was tut mit dem Hut, die Gepflogenheit ist in Fleisch und Blut übergegangen und der

Kopf bleibt bedeckt. Das hilft, einen Rest von Form der Welt entgegenzustellen, die anderswo längst aus den Fugen ist.

Wie alle Männer im Dorf, die Status und Bedeutung haben, krönt auch Vater etwas, das hier als *Fleischhaube* bezeichnet wird. Ein absolut haarloser wie blank polierter Scheitel, umzäunt von einem dünnen Haarkranz, der stets eine deutlich sichtbare Einkerbung ringsum zeigt: den Abdruck konsequenten Huttragens.

Trotzig steht das Brett von der Wand ab, auf dem der Hut ruht, wenn er nicht im Dienst ist, hölzerner Platzhalter für Vaters Haupt und Haube. So gewiss wie der nächste Tag auf die Nacht folgen wird, so wird der Hut von der alten Hand wieder auf den kahlen Schädel gesetzt, hierhin und dorthin getragen, gelegentlich angehoben oder in den Nacken geschoben. Nichts, das nicht schon hundert Mal getan worden wäre und über die Jahre nichts hinterließ als abgegriffene Stellen, dunkel verfärbt und speckig glänzend, Fett und Filz.

„Zeit ist es. Gehen wir."
„Ich will aber nicht. Weil ich bin noch gar nicht. Müde."
„Bei der Nacht legen sich die Leute nieder. Und wenn's Tag ist, steigen sie wieder auf. Gute Nacht."

Beim Zubettgehen zeigt Mutter ihr Haar: Verflochten zu einem Strang von beeindruckender Länge, bis ins Kreuz hängt ihr der Zopf und schwingt ganz sanft im Rhythmus ihrer Schritte, rechts-links. Rätselhaft kommt mir das vor, während ich hinter ihr hertrotte, wie sich so viel Haar tagsüber unter einem so kleinen Kopftuch versteckt.

Das großelterliche Nachtlager: zwei Sarkophage ohne Deckel, Stoß an Stoß gestellt, das schwere Holz dekoriert mit allerlei Schnitzereien. Die mit gewundenen Säulen und kannelierten Applikationen besetzten Kopfteile des Bettes werden Betthäupter genannt. Ähnlich ornamentiert, aber weniger hoch die Wand am Fußende, dahinter völlig schmucklos meine Liegestatt. Tagsüber zur unbenutzten Sitzbank geknickt, abends die Lehne umgeklappt, ergibt das eine Liege, die mittig durch eine lange Ritze geteilt ist. Beiderseits wölben sich Backen hoch, ein rechtwinkeliger Hintern gewissermaßen, in dessen Spalte im Laufe der Nacht früher oder später der schlafende Körper rutscht. Doch genau das gilt es zu vermeiden, ich will nicht, niemals in der Ritze schlafen, so ist der Ehrgeiz meiner jungen Jahre. Viel lieber obenauf, doch auf keiner der beiden, sanft gerundet wie sie sind, gibt es auf Dauer Halt. Versucht muss es aber werden: die linke Backe gewählt, einen Fuß in die Ritze gestemmt, den anderen am Boden neben dem Bett abgestellt, die Arme unterm Kissen hinterm Nacken verschränkt, so kann dem Ritzenschlund der Bett-Po-Bank widerstanden werden. Bloß schlafen kann man so nicht. An Schlaf ist schon allein der Wanduhr wegen ohnehin nicht zu denken. Zeitlupenlangsam schwenkt das messingglänzende Pendel in seinem gläsernen Gehäuse, der Perpendikel, wie Vater es nennt, von einer Seite zur anderen, um mit einem verhaltenen *Tick* die bevorstehende Richtungsänderung anzukündigen. Einen Moment hält das Pendel inne und schwenkt langsam in die entgegengesetzte Richtung, bis: *Tack*. So geht es endlos dahin von rechts nach links und wieder retour. *Tick. Tack.* Diese Nacht nimmt kein Ende. *Tick. Tack.* Das sind die Sekunden des Lebens, wie sie hier im Exil der Verbannung vergeudet werden. Vater kümmert das nicht, er schnarcht genauso regelmäßig wie die Pendeluhr, nur lauter. Und nicht im Takt mit ihr. Zwei Monumente der unerschütterlichen Gleichförmigkeit, unversöhnlich im sturen Streit miteinander. Wer wird zuerst kapitulieren und sich dem Takt des Gegners unterwerfen? Vater hält die Augen geschlossen, den Mund aber offen, ganz der Regelmäßigkeit des laut flatternden Gaumensegels verpflichtet. Da spannt sich etwas an im Uhrkasten, als würde eine Feder aufgezogen, an einer kleinen Kette ein schweres Gewicht hochgezogen, mit größter Anstrengung und letzter Kraft. Dann erleichtert sich der Apparat in einem zurückhaltend angeschlagenen und leise verhallenden: *Gong*. Das Zeichen für ein Viertel, um Halb gibt's zwei, zu Dreiviertel naheliegender Weise drei, aber richtig wild wird es zur vollen Stunde. Die Glaskastenuhr entlädt die ganze, über sechzig Minuten aufgestaute Anspannung – nein, nicht bloß in vier milde verhallenden *Gong*-Schlägen, das war nur der Auftakt zu einem höheren, mit weit größerem Hall belegten *Ging*-Schlagen. Für jede volle Stunde ein *Ging*. Das gibt um Mitternacht ein wahres Fest. Beim dritten *Ging* wird Vater unruhig, die *Gongs* hat er stoisch durchgestanden, jetzt aber setzt ihm die Bedrängnis zu – für zwei Schläge fällt sein Schnarchen aus, da: *Ging*. *Gewonnen!* schlägt die Pendeluhr zurück. Vater setzt wieder ein, lauter, tiefer als zuvor – *Ging*. Das zählt nicht mehr. Wer einmal aus dem Takt geraten ist, der hat verloren. *Ging*.

Jetzt wirft sich Mutter im Schlaf auf ihre andere Körperseite, die Sprungfedern ihrer Matratze stimmen ein kleines Liedchen an – *Ging! Ich allein musizier' hier,* schlägt die Uhr mitten drein.

Soll sein, schnarcht Vater, du hast gewonnen, alte Uhr. Aber jetzt ist eine Ruh'.

Und da bemerke ich, dass inmitten dieser nächtlich-orchestralen Abgelenktheit passiert ist, was nicht hätte geschehen dürfen: Mein Bubenkörper ist abgerutscht, hinein in die Ritze dieser Bett-Po-Bank, gefallen und stürzt noch, schwerelos, rücklings.

„Das Pendel des Grauens", flüstert es in meinem Ohr, „täuscht durch tickende Gleichförmigkeit eine Seelenlosigkeit nur vor, hinter seiner mechanischen Berechenbarkeit aber wohnt das Prinzip des Bösen, sinnlos, doch blutrünstig, das dann, zum rechten Zeitpunkt, auf Schlag und Gong mit Ging hervorbrechen und alles Lebendige auslöschen wird."

Solch apokalyptische Visionen zwingen mich letztlich zum Handeln: Als heroischen Akt sehe ich es, mein Kissen, hier Polsterl genannt, fest zu umklammern, die steil aufragende Wand am Fußende des großelterlichen Lagers zu überwinden und zwischen den warmen, in Nachthemden gehüllten Leibern meinen Schutz zu finden. Doch was erwartet mich dort: eine Ritze. Ein Spalt der Leere zwischen den väterlich-mütterlich geteilten Matratzen. Kapitulation, Ende der nächtlichen Schlacht, ich lasse mich fallen, in die Ritze, rücklings ins Nichts. Schwerelos. Fallen ist schön, wenn man nicht ans Aufschlagen denkt. Was ich da noch nicht wissen kann: Sarkophag heißt genau genommen fleischfressend. Steht das in irgendeinem Zusammenhang? Und was haben hölzerne Ehebetten mit steinernen Särgen gemein?

Tick.

Was ich da alles noch nicht wissen konnte.

Tack.

Das hätte mir auch nicht weitergeholfen.

Tick.

Die Geschichte vom Ende der Pendeluhr.

Tack.

Schauen zwei Männer auf dasselbe, sehen sie noch lange nicht das Gleiche.

Tick.

Ein Doppler der Bedeutung.

Tack.

Moment

Aus einer spontanen Laune heraus greift Dietrich Nikolaus Winkel nach dem Perpendikel, hält es still, befreit es aus der Aufhängung und stellt es auf den Kopf. Jetzt ist das runde Metall oben, und kurz vor dem anderen Ende des Gestänges soll der Drehpunkt sein, darunter ein solides Konterstück. Wenn er dann noch das obere Gewicht verschiebbar macht, dann kann man das Tempo des Taktes frei wählen. Damit kann jedermann sein ganz persönliches „Memento mori: Höre, wie deine Lebenszeit verticktackt!" einstellen und seinen bislang nur innerlich spürbaren seelischen Takt für alle anderen vernehmbar machen. „Winkels Chronometer", so sieht er schon die Überschriften in den Journalen, die seine Erfindung feiern werden.

Sein Versuch, den Geist der Romantik mit den Mitteln der Bureaucratie in einen Rahmen zu fassen, das ist schon eine schöne Idee, die aber leider niemand versteht, die Romantiker nicht und die Verwalter der Industrialisierung auch nicht. Und das macht Dietrich Nikolaus Winkel traurig und einsam.

Als er eines Tages vom bevorstehenden Besuch des legendären Schachtürken liest, beschleicht ihn eine Ahnung, die sich binnen kurzem zu einem starken Gefühl auftürmt. Er spürt, weiß es: Zwischen seiner einsamen Seele und jenem Türken besteht eine geheime Verbindung, eine transzendentale Verwandtschaft. Die allermeisten seiner Zeitgenossen würden über diese Anwandlungen wohl nur lachen, denn der Schachtürke ist ein Automat, eine seelenlose Maschine. Die lebensgroße Puppe ist „alla turca" kostümiert, sitzt vor einem Schachbrett und wartet auf den Eröffnungszug des – menschlichen – Gegners. Und dann. Aus der großen Kiste, auf der das Brett steht, dringen Geräusche drehenden Mahlens von Räderwerk, von Federn, die sich anspannen und tick-tack klicken, bis sich die linke Hand der Puppe hebt, eine Figur greift, den Zug ausführt, um schließlich wieder auf dem kleinen brokatenen Kissen neben dem Spielbrett zu liegen zu kommen.

Der Präsentator dieser Maschine, ein gewisser Johann Nepomuk Mälzel, steht eine gute Armlänge entfernt, und man könnte nicht sagen, ob er die Spielzüge des automatischen Türken nur kritisch beobachtet oder, durch irgendeine metaphysische Konnexion mit der Maschine verbunden, diese insgesamt befehligt.

Winkel ist in Bann geschlagen, er sieht bei mehreren Partien zu, die allesamt der Automat gewinnt, und während zunächst die Zuschauer, bald aber die halbe Stadt darüber rätseln, wie dieses Wunderwerk bloß funktioniert, nicht nur mechanisch und motorisch, sondern vor allem, wie eine Maschine imstande sein kann, besser Schach zu spielen als jeder Mensch, da weiß Winkel, er hat die Tiefe seiner Jahre durchlitten und seine Einsamkeit bezwungen, denn im milden Lichte dieses Nachmittags, da hat er endlich einen Bruder gefunden.

Wie gut kennt er dieses Gefühl der in mechanistischen Bewegungsabläufen eingeschlossenen Seele, die Momente, die sich zu sauber geordneten Stunden aufbauen, zu Tagen verbinden und sich wie ein Räderwerk mit den Handlungsabläufen der anderen verzahnen.

Genau das ist Winkel bisher nicht gelungen, jedenfalls nicht reibungslos, weil – das sieht er deutlich – keiner außer ihm selbst sich an die Ordnung hält: Schon eine leichte Verlangsamung im Gefüge reicht aus, um ein gewaltiges Knirschen zu produzieren, ein Stocken in der komplizierten Maschinerie des Alltags. Und das treibt Winkel immer weiter hinaus auf die endlosen Ebenen der Einsamkeit: Nur er selbst kann seinen Ansprüchen genügen.

Und jetzt der Automat, als Türke kostümiert zum Gaudium fürs Volk. Winkel blickt tiefer und erkennt als einziger die wahre Schönheit des Automaten, die Perfektion des Melancholischen, den geordneten Ausdruck reinen Willens. Jetzt endlich ist Winkel nicht mehr allein.

Das muss er dem Präsentator des Automaten, diesem Mälzel, sagen, der soll wissen, dass er, Winkel, verwandt ist mit dem Automaten, den alle Welt bloß den Schachtürken nennt. Und zum Beleg dafür präsentiert er sein Werk, seine große, noch von niemandem erfasste Erfindung: den Chronometer der Momente, der nicht nur mit absoluter Ebenmäßigkeit das Leben in gleich große Stücke zerteilt, nein, darüber hinaus, und das ist das Geniale seiner Konstruktion, kann man durch simples Verschieben des Gewichts seinen ganz persönlichen Seelentakt zum Ausdruck bringen. „Winkels Chronometer der Momente."

Johann Nepomuk Mälzel, eigentlich Deutscher, doch die Jahre in Wien haben seine teutonische Aufrichtigkeit etwas verfärbt, was, je nach Beleuchtung, als schillernd-charmant oder trüb-verschlagen erschei-

nen kann. Kaiserlich-königlicher Hofmaschinist und Reisender in Sachen neuerster Errungenschaften. Nebst dem Schachtürken tourt er mit einem automatischen Trompeter, der Mälzels Klavierspiel mit viel Gefühl accompagniert, und einem Violine spielenden Automaten, der, von zwergenhafter Gestalt zwar, das Instrument doch wie ein Großer beherrscht.

Zirkus und Wissenschaft führt Mälzel wie zwei Zügel in einer Hand. An Eintrittsgeldern zu diesen festlichen Präsentationen seiner Automaten nimmt er in zwei oder drei Wochen mehr ein, als sein Salär als k. k. Hof-Beamter eines ganzen Jahres beträgt, aber der Titel ist wichtig, er hilft, den Geist zu vernebeln: Die Illusion kann nur gelingen, wenn sein Publikum keinen klaren Gedanken mehr fassen will. An sich sollte jeder Idiot erkennen können, wie der Automat funktioniert. Weil es so naheliegend ist, kommt aber niemand drauf. Man gibt sich lieber der eigenen Täuschung hin und lässt sich forttragen von den magnetisierenden Blicken Mälzels, von der Fremdheit des Türken, der sogar mit dem Auge blinzelt und den Kopf schüttelt, wenn sein Gegenüber durch einen törichten Zug seine eigene Niederlage besiegelt.

Mälzel folgt der Einladung in Winkels Haus. Wo einen früher vielleicht ein protestantisch-nüchterner Salon empfing, herrscht jetzt völlige Leere, der Raum ist ausgeräumt bis auf einen schmucklosen Tisch in der Mitte. Und darauf steht ein Uhrkasten, allerdings auf dem Kopf, sodass dessen Pendel steil nach oben zeigt. Winkel zieht die Uhr auf, setzt das Pendel in Schwung, und still lauschen beide dem Takt des Chronometers der Momente: Tick. Tack.

Winkel ist froh. Und lächelt. Mälzel blickt auf den Apparat, schaut durch ihn hindurch, sieht einen Nimbus, ein glorioses Leuchten, das Prosperität und, wer weiß, am Ende sogar Unsterblichkeit verspricht. Er wird das Prinzip patentieren lassen, den Uhrkasten durch ein schlichtes, an einen Obelisken erinnerndes Gehäuse ersetzen, das Zifferblatt entfernen, sodass nur der Pendelstab mit verschiebbarem Gewicht und ein kleiner Schlüssel zum Spannen der Feder übrigbleiben. 100 Stück wird er davon auf eigene Kosten anfertigen lassen und an die ersten Kapellmeister und eminentesten Kompositeure verschicken: Sie sollen „Mälzels Metronom" in aller Welt bekannt machen. Und jeder Sohn, jede Tochter aus besserem Hause soll hinkünftig die Qualen der Klavierstunden unter dem gleichgültig unerschütterlich gleichmäßigen Tick-Tack seines Automaten durchleiden. Jetzt lächelt Mälzel auch.

Ich will nicht lauschen, gar nichts von dem hören, was sie reden. Ich will das nicht, ihr Gemurmel. Der böse Mälzel. Und der arme Winkel. *Tick* macht die Pendeluhr, *tack* antwortet der Chronometer der Momente.

Ich will nicht aufwachen, doch die Stimmen aus der Küche zerren und ziehen. Und nicht nur zwei, mehrere sind es, im Rhythmus gemeinsamer Litanei, ein mehrstimmig eiernder Leierkasten.

„Für uns Blut geschwitzt hat und für uns gegeißelt worden ist."

Wer ist gebenedeit, was soll das heißen. Frucht deines Leibes. Für uns Sünder. Knecht Israel und Abraham mit seinen Nachkommen.

Ich will das nicht, will weg. „Lass uns wieder gut sein, bitte, kein Blut mehr in den Augen."

„Dich, oh Jungfrau, im Himmel gekrönt."

Die dicken Federbetten liegen aufgeschlagen wie verratene Versprechen, es ist dunkel draußen. Die Stimmen sind noch da. Besuch, mitten in der Nacht?

Von der Schlafkammer schaut ein kleines Fenster zur Küche hinüber, allerdings ist es so hoch oben in der Wand eingelassen, dass es mir nur mit Hilfe eines herangeschobenen Stuhles und eines kleinen Balanceaktes auf dessen Arm- und Rückenlehne gelingt, durchzuspähen. Doch nichts ist zu sehen, der kleine Vorhang vor dem Fenster zugezogen. Helles Licht schimmert dahinter, Schluss mit Nacht, hell ist der Tag und was ist geträumt?

„Wie im Anfang so auch jetzt. Und allezeit und Ewigkeit. Amen."

Bewegung kommt in die Küche, Stühlerücken, Räuspern.

„Ja. Nein. Wird nicht. Und wenn, im besten Fall. Das ist."

„Wenn überhaupt. Ist doch nix, so."

„Eine Erlösung. Wer weiß. Wär's."

Vorsichtig und leise das Fensterl aufgemacht. Und den Vorhang, einen Spalt nur. Geheimer Beobachter bin ich.

„Wir bleiben da, bei ihm, ihr fahrt, zu ihr, jetzt. Wir passen hier auf."

„Der Bub braucht's nicht wissen. Wir fahren jetzt hin. Den Kleinen ihr zeigen. Soll sehen. Zum Trost. Aber der Bub soll sie so nicht sehen. Ist ja kaum mehr Gesicht, nur Verband und dazwischen Bluterguss."

„Das soll er nicht sehen, erst wenn wieder alles gut, dann ja, schon.

„Alles wird wieder gut."

„Ja, eh. Immer. Schon."

Mein Bruder, mein weinender, schreiender, quengelnder Bruder: Da ist er wieder. Die hielten ihn versteckt, jetzt wird er ausgeführt und vorgezeigt. Und Vati ist da, auf einmal, einfach so, auf seinem Arm mein Bruder, mitten in der Nacht, hier, in Mutters Küche, mit Häkelhäubchen auf dem Kopf, er ist doch schon zu groß, ihn wie ein Kleinkind herzurichten. Warum hält niemand mich? Ich will auch hergezeigt werden. Der Abholer-Onkel mit dem wilden Auge ist auch da, wie verkleidet in seinem Anzug mit Selbstbinder. Obwohl heute nicht Sonntag ist, sehen alle aus wie für den Kirchgang aufgeputzt. Mutter mit Handtasche, Vater mit Hut, noch in der Hand. Die Reisegesellschaft unterwegs zu Mutti. Auch sie versteckt, aber wo? Ich darf nicht mit, soll sie so nicht sehen, am besten gar nichts wissen. Aber irgendwo ist sie, das haben sie gesagt.

Hut auf, Licht gelöscht, Tür zu. Ich höre das aufgeregte Kreischen des Busses, fast wäre er abgestorben, hat sich verschluckt beim Anfahren, jetzt kreischt er wieder, um die Kurve am Ende der Gasse, dann kaum mehr hörbar, immer leiser, weg ist er. Wo fahren sie hin? Ich will auch gerne jemanden begrüßen. Mutti, Vati, selbst meinen kreischenden Bruder, wo sind denn alle? Wir haben nicht gelernt zu fragen, gib brav Antwort, wenn du gefragt wirst, und Hände auf den Tisch und ruhig sein, wenn die Erwachsenen reden. Mit mir redet keiner. Zurück ins Bett, in die Ritze, Fallen wäre schön, jetzt, rücklings ins Nichts.

„Wisch dir das Blut von den Augen, Mutti“, aber sie hört mich nicht, will nicht antworten.

„Ich habe doch nichts getan, ja, ich weiß, Vati ist schwach, aber bin ich schuld an allem? Und deswegen muss ich jetzt hier sein? Sprich mit mir Mutti, sag etwas.“

Aber sie ist nicht da, antwortet nicht.

„Tick“, sagt der Chronometer in seinem gläsernen Gehäuse.

„Mach die Augen zu und denk' an was Schönes“, so sagte Mutti immer, wenn ich nachts nicht schlafen konnte. Die Augen sind zu, doch: woran denken? Ich weiß nichts Schönes.

„Das Leben ist, wie es ist”, hat Vater gesagt. „Und zum Fantasieren, dazu braucht man Talent.“

Kosten

Der feine Duft von reifen Zwetschken hat sich im ganzen Haus verbreitet, sich bis in die Schlafkammer vorgearbeitet, bereits früh am Morgen. Die Pendeluhr hängt noch da, die Großeltern sind schon auf den Beinen, nichts steht Kopf, alles ist heute.

Schnell auf den Stuhl, zum Fensterl, von diesem Ausguck lässt sich die Lage in der Küche bestens überblicken: Der Vorhang ist auf, Mutter stochert im knisternden Herd, Vater liest Zeitung.

„Geh weg. Komm her." Ohne aufzuschauen, bemerkt Mutter den Kindskopf hinter der Scheibe.

Also Schluss mit Fensterln, Frühstück bei Tisch, Brot von gestern oder vorgestern, Mutter hält den Laib wie ein Kind im Arm, presst ihn gegen ihre Brust und schneidet mit einem großen Messer eine kleine Scheibe ab. Butter im Papier, Marmelade im Glas, Tee in der Tasse, die hier Häferl heißt.

„Böhmische Kaffeehäferl erkennt man an den kleinen Blumen", verkündet Vater und nimmt genüsslich schlürfend einen großen Schluck. „Die Böhm' sind so narrisch auf ihre kleinen Blumerl, die malen das ganze Geschirr damit an. Sogar die Suppenteller."

„Und warum riecht's hier so stark nach Zwetschken?"

„Das kommt vom Kaffee, Bub."

Schwarzer Bohnenkaffee, ohne Milch, im böhmischen Porzellan? Mit am Tisch ein Doppler, wie das zweilitrige Gebinde für den Alltagsgebrauch in dieser

Gegend genannt wird, in dem jetzt allerdings nicht Wein ist, sondern eine farblose Flüssigkeit, aber sicher nicht Wasser, das stand immer schon in einem zweifelhaften Ruf in diesem Haus, jedenfalls als Lebensmittel.

„Es soll Leute geben, die gern Wasser trinken. Wahrscheinlich, weil sie keinen Wein kennen. Aber was es nicht geben dürfte, sind Leute, die Wasser in ihren Wein schütten. Eine guten macht das hin, und einen schlechten nicht besser“– Wasser würde Vater nicht einmal in den Kaffee gießen. Und nach Zwetschken würde es erst recht nicht riechen.

Vater schiebt seine großen Füße in die schweren, über die Knöchel reichenden Schnürstiefel, deren schwarzes Leder durch die Jahre in eine subtil verknautschte Form gezwungen worden ist. Die Senkel machen die ersten sieben Zickzack-Wendungen durch Ösen, welche ab der achten von Haken abgelöst werden; zuletzt die langen Schnürsenkel noch zweimal um den Schaft rundum geführt, dann endlich eine Schleife. Hernach der Schurz, indigoblaues Leinen, weich gerieben im Lauf der Zeit, die dünnen Bänder werden vorne gebunden, das rechte Eck des Schurzes hochgeschlagen und in den Hosenbund gesteckt. Nur der Wirt und anderes Personal haben beide Schürzenenden nach unten hängen, Vater wie alle Männer von Stand hingegen immer eines hochgeschlagen. Und über dem Hemd eine schwarze Weste, an deren fünftem Knopfloch eine mattsilberne Kette hängt, die zur rechten Westentasche führt, wo der Chronometer wohnt, wochentags in einer blechernen Schutzhülle mit verkratztem Glaseinsatz geborgen.

Man muss den Handlungen des Alltags keine große Bedeutung zuschreiben, allein durch die bedachte, gleichförmige tägliche Wiederholung werden sie zu Ritualen. Vaters Griff nach dem märchenhaft großen, geschmiedeten Schlüssel, der solitär auf einem Haken neben dem kleinen Küchenfenster seine Hängestatt hat; das Aufsetzen seines Hutes; das Tragen seiner Herrenhandtasche aus schwerem, schwarzem, über die Zeiten hart gewordenem Leder, ein röhrenförmiger Korpus mit abnehmbarem Deckel, einem Henkel, lang genug, um ihn überm Arm zu tragen, und nicht zu lang, sodass er auch in der Hand gehalten werden kann, ohne den Boden zu berühren. Rätselhafter Name dieses Behälters: *Zeger*. Formeller: *Kellerzeger*. Seine Größe ergibt sich aus der Dimension des Objekts, das darin umhergetragen wird: die Zweilitrige, der Doppler.

Sind für den Herrn Pfarrer Kirche und Friedhof die Angelpunkte seines Seins und Tuns, so stellen Keller und Weingarten jene des Vaters dar. Er sieht ihn nicht als Wein-Berg, sondern zärtlicher, eben als Wein-garten. Wie Rosengarten. Jeder Weingarten hat seinen eigenen Namen, der allerdings stets auf -berg endet: Rosenberg, Schloss-berg, Sau-berg, Galgen-berg. Der Keller hingegen bleibt namenlos, es ist *der* Keller.

„Zeit ist's. Gehen wir."

Der Tee schmeckt ohnehin nicht, und das Brot kann auch unterwegs gegessen werden. Die Treppe runter in den Hof, durch den kleinen Holzstadel in den Garten, beim Zauntürl hint'aus, über einen bewaldeten Hügel, kaum fünf Minuten, und der Mittelpunkt der großväterlich-weinbäuerlich-trinkenden Welt ist erreicht:

der Keller. Am Rande des Dorfes stehen seinesgleichen aufgereiht zu einer Gasse, der Kellergasse, die Fassaden in pastelligem Grün und Blau oder Rosa bemalt, je eine mächtige zweiflügelige Tür mittig reingesetzt, mit einem gewaltigen Schloss, das dem Schlüssel zur Ehre gereicht. Das Presshaus dahinter, dessen Name von der entsprechenden Bestimmung während weniger Tage im Herbst herrührt, ist eigentlich Zelebrationsort. Hier wird empfangen, bewirtet, verkostet, bedacht, aber niemals: weggeschüttet. Der Wert des Weines ist mysteriös, hat jedenfalls gar nichts mit der ökonomischen Bewertung als Handelsware zu tun. Vater fügt sich zwar den gesellschaftlichen Zwängen, was sein muss, muss sein, und verkauft hin und wieder einige Flaschen. Stets mit einem Lachen im Gesicht, doch wer ihn kennt, kann sich nicht sicher sein, ob das noch das Lachen der Gastfreundschaft ist oder ob da nicht mehr die Freude über eine tief im Keller verborgene Wahrheit zutage kommt: Zwar kann man aus den Fässern etwas abfüllen, in Flaschen verkorken und hinaustragen. Doch vom Wesentlichen kann man nichts mitnehmen, das geheimnisvolle Ganze bleibt hier wohnen, ist unteilbar.

Das tägliche Ritual des Gangs in den Keller hat also nichts mit Arbeit zu tun, es handelt sich dabei vielmehr um eine andächtige Begegnung. Um das, was man sieht, geht es nicht. Was aber lebt hinter den Objekten? Das sind harte Brocken für den kindlichen Geist. Wer auch immer den Spruch prägte, es würde grundsätzlich nur darum gehen, die richtigen Fragen zu stellen, hat offensichtlich noch nicht so richtig die irritierende Ratlosigkeit bei fehlenden Antworten erfahren. Es muss eine Erklärung für die Rätselhaftigkeit der Menschen hier und ihrer Gepflogenheiten geben. Wein dürfte dabei jedenfalls eine wesentliche Rolle spielen.

Vater nimmt den Tupfer zur Hand – was klinisch klingt, ist bloß diminuierende Verzärtelung, die grundsätzlich auf fast alle Utensilien rund um das Weintrinken Anwendung findet. Tupfer nennt man hier einen Weinheber von beachtlicher Größe. Einmal aufgezogen kann man damit etliche Achterl füllen, was man aber nicht tut, weil man jetzt nicht trinkt, sondern nur kostet, deshalb gibt's auch nur ein Tupferl, was weniger ist als ein Schluckerl und quasi nichts im Verhältnis zu einem Glaserl. Das kontrollierende *Kosten*, ein autoritärer Akt der Prüfung der Verhältnisse und insofern grundverschieden vom *Ver*-kosten als einem Akt der Begegnung, des In-den-Wein-Hineingehens, wird konsequenterweise mit speziellen Gläsern, Stifterl genannt, vollzogen.

Vater lockert die Fingerkuppe an der unteren Öffnung des Tupfers und lässt blassgelbgrünen Wein über seine von der Welt ringsum mit schwarzgrauen Furchen gezeichneten Finger in die Gläser rinnen. Er schiebt eines in meine Richtung, ich nehme die Herausforderung an, ergreife das Stifterl, wir blicken uns nicht an, doch sehe ich aus dem Augenwinkel, was Vater tut, und dem folge ich: Glas an den Mund, Lippen auf, *nicht* trinken, sondern einatmen, den Wein durch den Luftzug in Bewegung bringen und schließlich ein wenig davon einschlürfen, möglichst gut hörbar. Glas absetzen, laute Schmatzgeräusche produzieren, kauen. Endlich schlucken, Glas abstellen, Lippen aufeinanderpressen und bedeutungsvoll nicken. Auf keinen Fall jetzt etwas sagen, nein, gedanklich ganz bei der Sache bleiben, vor sich hinblicken, auf einen imaginierten Punkt irgendwo auf dem Boden. Zurück bleibt ein säuerliches Ziehen am Gaumen. Und die Erkenntnis, Wein schmeckt nicht nach Trauben. So war mein erstes Mal.

Vater hat eine sehr präzise Vorstellung vom erstrebenswerten Erfahrungshorizont privater Vorschulbildung, und als Pater familias empfindet er dies auch als Auftrag und Verantwortung: „Bevor meine Buben in die Schule kommen, müssen sie zweierlei können: einen Rheinriesling von einem Grünen auseinanderschmecken. Und Schnapsen. Das hat noch jeder bei mir gelernt."

Die hervorstechende Qualität dieses Kartenspiels ist ja, dass es so simpel ist, dass man es auch noch im Zustand solider Trunkenheit zu spielen vermag, daher der Name. Bevor man aber soweit ist, ernsthaft mit dem Trinken anzufangen, muss man das Spiel beherrschen, sagt Vater.

Die Kellergänge mag ich und gehe sechsmal die Woche mit, sonntags ist man ja liturgisch verhindert. Mir gefällt das Weihevolle des Moments des Kostens, die Suche nach dem imaginierten Punkt. Der Wein kommt einfach nebenbei noch mit. Und ich mit dem Wein, nach und nach kann ich Unterschiede erkennen, bald habe ich den Trick gefunden: Der Riesling schmeckt immer irgendwo nach Nuss, ganz leicht zwar nur, doch klar ein Ton, der im Veltliner nicht zu finden ist.

Vater stellt vier Stifterl auf den Tisch und gießt aus zwei Tupfern, einer rechts und einer links an seiner Schulter lehnend, ein, ich soll wegschauen, während er die Gläser in andere Reihenfolge verschiebt und schließlich sagt: „Gilt." Ich nehme das erste Glas, rieche, ziehe laut schlürfend ein wenig ein: *Nuss.* Stelle ab, schlucke – nein: Drücke den Schluck weg und sage bestimmt: „Riesler". Der Veltliner hat nicht nur keine Nuss, sondern vor allem einen Ton von Pfefferstreuer. Ich muss an die rot-weißen Geschwister im Wirtshaus denken, beaufsichtigt von ihrer alten Tante Maggi. Immer sind sie zu dritt, stehen geduldig und warten auf Kundschaft. Aber nur vom Pfeffer muss man niesen, und niesen hätte ich auch beim Grünen können. Also auch er leicht zu erschmecken. Alle, die sich auskennen, sagen Grüner, nicht Veltliner.

Hat man erst einmal verstanden, dass Wein im Grunde nicht als alkoholisches Getränk zu betrachten ist, sondern als mysteriöse Substanz, deren Wertschätzung man durch ihren Verzehr ausdrückt, dann sehen dieses Dorf und seine Menschen gleich ganz anders aus. Bald kann ich das geheime Feuer hinter den vermeintlich toten Masken erahnen, weiß, dass das, was sie zeigen, bloß Fassade ist, hinter der ein großes Leben wogt, das aber nicht offenbart wird. Und das bringt meine Fantasie in Schwung. Wenn niemand sehen lässt, was er, sie eigentlich lebt, dann ist ja alles denkbar. Ich muss, beschließe ich, nach innen kommen, sie von innen sehen. Flüchten kann ich später immer noch, erst muss ich mich in diese weinseligen abenteuerlichen Kopfwelten vertiefen. Was ich von Vater schon kenne, werde ich dem Herrn Pfarrer eröffnen. Und dann wird er, der *Hochwürden,* erkennen, ich bin einer von ihnen, denn er kennt den Ritus und er trinkt auch. Kostet jedenfalls.

Hinfallen

„Was gibt's? Alles gibt's. Sogar einen Gips gibt's", solche Sentenzen gibt meine Tante von sich, meist nicht einmal passend, aber wann soll solch ein Schwachsinn schon passend sein. Man kann nicht sagen, dass sie, meine Tante, schwachsinnig ist, sie hat bloß an einem bestimmten Punkt ihres Kindseins beschlossen, nur mehr den Körper altern zu lassen. Ihr Geist blieb in der Verfassung eines Volksschulkindes stehen und blickt dementsprechend in die Welt.

„Das passt nicht zusammen", das merkt sie selbst auch, und ihr kindliches Gemüt rebelliert gegen die verfallende Hülle, in der es gefangen ist.

Ich will nicht in ihrer Nähe sein und schon gar nicht mit ihr allein, oft aber muss ich, weil Mutter und Vater weggehen, in den Weingarten, wohin sonst. Während Mutter meine Tante beim Abschied beauftragt, gut auf mich aufzupassen, damit nichts passiert, blickt sie mich an: Soll ich jetzt aufpassen auf mich, oder auf sie, die *kindische Tante*, und was könnte Schlimmes passieren, wenn wir nicht gut aufpassen? Passieren wird es, irgendwann, das ist mir klar, die Angst davor ist eingespannt im Rahmen des Unausweichlichen, gut aufgehoben, da kann sie jetzt im Kreis gehen, meine Angst, und mich an der Hand führen.

Nichts an ihr ist wie bei ihren Schwestern, meinen anderen Tanten. Sie ist ohne Alter, ohne Mann und ohne Kinder, wohnt bei Mutter und Vater – wenn sie nicht gerade im Spital liegt, „Zum Auffrischen", wie sie sagt.

Faszinierend sind ihre Hände, die Gelenke der Finger zu Bällen aufgeblasen, ihre Füße ein Rätsel, verschnürt in Schuhen aus braunem Cordsamt, derselbe wie auf dem Sofa meiner Eltern, auf dem ich so gerne gesessen bin, als ich noch Eltern hatte. Ungelenke Knie, die sie gerne massiert, wenn ihr das richtige Wort gerade nicht einfallen will oder das Wetter nicht passt.

„Ich bin sehr rheumatisch, vor allem in den Gelenken. Deshalb weiß ich immer, was für ein Wetter kommt“, lacht sie und zeigt mehr Lücken als Zähne, und von den wenigen verbliebenen wackelt einer immer. Ihr künstliches Gebiss trägt sie nicht gerne. „Die drücken, die Dritten“, sagt sie. Nur zu Feiertagen setzt sie die ein, und dann grinsen viel zu große, viel zu weiße Zahnimitate unterm blonden Schnurrbart ihrer Oberlippe hervor. Hier in Frankenhayn sind Schnurrbärte bei den Damen beliebter als bei den Herren. Vater trägt keinen, und auch alle meine Onkel rasieren ihre Oberlippe. Schnurrbart ist Damensache hier am Land, in meiner Kindheit.

Meine *kindische Tante* liebt ihren Humor, mehr aber noch ihre Katzen – solange sie klein sind. Kätzchen: ja. Katzen: nein. Die großen bekommen einen harten Tritt von ihrem weichen Schuh, Cordsamt auf Katzenfell, wenn sie sich zu nah heranwagen an die Näpfe und Tellerchen, die für die kleinen von ihr vorbereitet wurden. Die Kätzchen werden von ihr verwöhnt, mit lieben Worten und mit warmer Milch.

Mutter und Vater sind schon weg, ich und die Kätzchen allein mit der Tante. Wer passt jetzt auf wen auf? Die

Kätzchen wissen's nicht und blicken erwartungsvoll zu uns beiden auf. Was gibt's? Milch?

Die *kindische Tante* stellt ein außen rotbraun, innen grau emailliertes Töpfchen, das sie zärtlich Reinderl nennt, auf den Herd, das gerade groß genug ist, dass auch ein Kätzchen reingepasst hätte, aber die will sie doch nicht kochen, nein, die Milch will sie warm machen. Jetzt wartet sie geduldig oder abwesend, jedenfalls unbeschwert von Gedanken, bis die Milch aufschäumt, aufsteigt an den Rand des Gefäßes. Ob die Katzen das überhaupt mögen, warme Milch mit Haut? Dann stakst sie auf ihren geplagten Beinen hinaus, zu dem Treppenabsatz, wo ausrangierte Küchentöpfe, abgeschlagene Teller warten; alles verschmiert, verklebt, verdreckt, von Milch und Futterresten, hier soll angerichtet werden, da will sie hin mit ihrer heißen Milch. Auf halber Strecke hält sie inne, erstarrt und reißt die Augen auf, sieht etwas in weiter Ferne, ein Zeichen am Horizont, von gewaltiger Schönheit, sagen ihre Augen, die so groß ist, dass sie Angst macht. Große Angst. Die Hand umklammert den Griff des Töpfchens fester, es kippt, die heiße Milch rinnt über ihre Finger, sie lässt nicht los, ein gurgelndes Grollen kommt aus ihrem Hals und bringt Schaum mit, der sich blubbernd über die Lippen ausbreitet. „Grrr." Was hat sie gesehen? Will sie jetzt dorthin oder nur davon fort? Ihren Blick hat sie nach innen gewandt, nur mehr das Weiße ihrer Augen ist zu sehen, der Schaum vorm Mund steht wie ein Schwamm auf einem Baum, der fällt, jetzt nämlich, stocksteif. Ihr Kinn streift die Tischkante, die gibt ihrem Fall eine andere Richtung, hart knallt sie auf den

Boden, die armen Zähne auf das Töpfchen. „Grrrr" wirft sie sich herum, stellt die Cordschuhfüße auf den Boden und drückt den Rücken durch: fast eine Brücke. Die Hände mit ihren Kugelgelenken versuchen festzuhalten, was nicht zu fassen ist, kein Halt zu kriegen, die Finger krampfen ins Leere.

Die Kätzchen warten noch immer, sie haben alles gesehen, aber nichts verstanden. Die *kindische Tante* macht sich jetzt wieder locker, sinkt leicht zurück auf den harten Küchenboden, im Bart ist etwas Blut, die Oberlippe aufgesprungen. Wie tot liegt sie da nach dieser Klimax ihrer kindischen Einsamkeit. Mir ist kalt. Das ist nichts für mich, ich kann nichts dafür. Was soll ich jetzt machen? Niemand hat mir gesagt, dass das passieren wird. Und schon gar nicht, was zu tun ist. Vater und Mutter sind weit weg und ich allein mit der hingefallenen Tante. Hoffentlich schläft sie nur. Jetzt ist die Milch nicht mehr heiß, die Kätzchen kommen näher und lecken sie auf vom Boden, die vergossene Milch. Sie meiden den Körper der Tante, lecken nichts von ihren Händen, ihrem Gesicht, ihrem hellblauen Kittel mit den weißen Paspeln, nur vom Boden lecken sie. Und schnurren. Ich mag keine Katzen. Sie haben mir nicht geholfen. Sie halfen auch meiner Tante nicht. Sie sind die leibhaftige Gleichgültigkeit, Schmarotzer in weichem Fell.

Zelebrieren

Sonntag ist immer besonders. Ein feierliches Gestimmtsein, dessen eigentlicher Grund mir niemals klar wurde, ist offensichtlich: der Gugelhupf morgens auf dem Tisch, Mutter in ihrem Schwarzen, noch ohne Kopftuch, das wird erst vor dem Ausdemhausgehen angelegt, man zieht ja nichts an, grundsätzlich, man legt die Dinge an, das kommt aus einer gewissen Hochschätzung des Leibes, dem man nichts antut, schon gar nichts überzieht, sondern: anlegt. Vater seinen Anzug, überm weißen Hemd, den Hals eingeschnürt vom Selbstbinder, den er tatsächlich immer selbst bindet. Krawatten sind nicht bekannt hier, sie hätten auch gar keine Chance: Was will so eine Krawatte schon einem Selbstbinder entgegensetzen? Ich werde auch bald einen haben, alles will ich mir aneignen, was Männlichkeit und Bedeutsamkeit verdeutlicht, noch aber muss ich mich begnügen mit meinen langen Hosen, Breitcord, und dem weißen Kurzarmhemd aus Perlon, ein Relikt aus einem früheren Leben, von Mutti für mich gekauft.

„Kamerad Schnürschuh, deine Bänder“, orakelt meine hinfallende *kindische Tante*, auch sie hat sich sonntagsfein gemacht. Der Rock zwar etwas zu kurz, die Jacke ein wenig zu eng, aber davon lässt sich ihre Aufregung nicht bremsen. „Weil die Gottesmutter und alle Engel. Die sind mir die liebsten auf der ganzen Welt“, das Kopftuch unterm Kinn fest zugezogen, ihr Betbüchlein in der Linken fest umklammert, die Henkeltasche baumelt am rechten Unterarm – jetzt sind alle fertig verkleidet. Mutters große Handtasche glänzt schwarz vor sich hin, mahnend zu baldigem Aufbruch, was alles trägt sie darin zur Kirche und wieder zurück? Nur zweierlei sieht man sie daraus nehmen: Taschentücher, hier Sacktücher genannt, auch wenn sie aus der Tasche kommen. Und Münzen für den Klingelbeutel, bescheidenes Messopfer, das später dann der Pfarrer genießt, wer sonst, der Mesner sieht ja nicht so aus, als würde er das Geld auch nur zählen können. Den Klingelbeutel, den er durch die Bänke reicht, hält er wie ein Gerät aus dem Jenseits, das die frommen Gaben im tiefen samtenen Schlund nur kurz birgt, um sie dann gleich weiter ins Paradies zu schicken.

Mutter mit Tasche voll Geld und Sacktüchern, Vater unterm Sonntagshut, der ganz leicht sitzt auf seiner Fleischhaube, die *kindische Tante* voller Vorfreude auf das Opferfest und der Ferienenkel mit doppelt festgezurrten Schnürsenkeln – so treten wir aus dem Haus, gewappnet für die Begegnung mit dem Heiland, „Angenagelt wie er ist, aber doch angstmachend. Wenn er aus dem Grab hinter dem schweren Stein rausgekommen ist, was können ihn die paar Nägel hindern? Das ist schon sehr beängstigend. Und diese Heiligen, zerbohrt, kaputtgeschlagen und aufgeschlitzt. Trotz alledem können sie jederzeit wieder zurück ins Leben treten, wenn es ihnen gefällt, um dann was zu tun? Kinder zu erschrecken, die vom rechten Weg abgekommen sind? “, fragt sich meine *kindische Tante,* flüsternd.

Während der Messe fühle ich diese innere Verbindung mit *Hochwürden*, als der den Kelch hebt, in meine Richtung, mir zuprostet, großzügig einlädt: „Trinket alle davon!", aber das würde nicht gut gehen, was für ein Durcheinander, also bleiben alle sitzen und freuen sich still über das Angebot, man muss ja nicht immer alles bis zum Letzten treiben. Ich aber würde am liebsten aufspringen, zurückprosten, meine Verwandtschaft mit dem Kreis der Weintrinker öffentlich machen. Doch Jubel hätte man hier nicht gerne gesehen, nicht in der Kirche, wo ewige Glückseligkeit versprochen, aber nicht gelebt wird. Wir müssen alle erst sterben, um glücklich zu werden, das ist das Versprechen, nur will keiner sterben, ich nicht, und Mutti auch nicht, fröhlich werden wir uns wiedersehen, wenn wir auferstehen von den Toten. Warum bleiben die dann liegen? Ich bleibe lieber sitzen, knie mich hin, wer geht ein unter mein Dach, niemand soll eingehen, ich hätte gern, dass alle leben, aber das geht nicht, der Friedhof, die Gräber sind ja vor der Türe, dort gehen wir hin, gehet hin, aber in Frieden.

Etwas bäumt sich auf in mir, will raus, ich sehe es, die Offenbarung! Ganz warm wird's ums kindliche Herz, weil ich erkenne, hier wie dort, im Weinkeller wie in der Pfarrkirche, dreht sich alles um dasselbe, ein Mysterium mit rituellem Treiben, etwas, das man nicht sehen kann, woran man aber glauben muss. Man trinkt Wein, stillschweigend und in der Überzeugung, dass es eigentlich etwas anderes ist, das man zu sich nimmt, sich einverleibt. In jedem Fall ist hier wie dort das höchste Ziel: Glückseligkeit, für immer dar.

Hochwürden, genau wie Vater, hält immer einen Moment inne, bevor er trinkt, blickt auf den imaginären Punkt weiter vorne, wo er etwas sieht, das mir noch verborgen ist, aber ich weiß: Das will ich auch sehen. Die Frage ist, wie das zusammenhängt, alles. Tut es der Priester den Weinbauern nach, weil er die Quelle des Weines respektiert und dies auch sonntags vor allen Gläubigen bezeugen will? Oder vollführt der Weinbauer den Ritus der Kirche, nur ohne Gold und Gesänge, mit profanen Gläsern im Tempel seines Treibens, dem Presshaus? Jedenfalls sind sie Brüder im Geiste, verbunden durch Wein, das ist offensichtlich. Womöglich unterscheidet sich der Ritus, wie ihn *Hochwürden* im Hochamt, von jenem, wie ihn Vater im Keller vollzieht, bloß im Wochentag? So also steht diese Welt einmal die Woche Kopf. Wo sonst alle ständig trinken, darf am Sonntag nur einer, und der wird dann mächtig gefeiert, mit Glockenklingeln, Weihrauch und Orgelmusik. Und es ist der einzige Tag, an dem Ordnung herrscht in dieser seltsamen Gemeinschaft. Männer und Frauen zu unterscheiden, scheint noch das Natürlichste auf der Welt, und naheliegenderweise sitzen hier, in der Kirche, auf der einen Seite die Männer, auf der anderen die Frauen. Warum die in den vordersten Reihen ebenfalls getrennt voneinander sitzenden Buben und Mädchen allerdings genau umgekehrt angeordnet sind – die Mädchen auf der Männerseite, die Buben auf der Frauenseite –, kann ich mir genauso wenig erklären wie die Frage, warum Priester wie Ministranten im Amt stets Kleidchen tragen, Frauen und Mädchen aber von allen rituellen Handlungen ausgeschlossen sind.

Einmal im Jahr, an einem hochsommerlichen Montag, dem ersten nach dem Kirtag, trifft man sich ganz außertourlich in der Kirche, um die Burschen, die im laufenden Jahr das 15. ihres jugendlichen Alters vollenden, zu Männern zu machen, dafür sind sie blumengeschmückt und müssen im Mittelgang stehen. Rechts sitzen wie immer die Männer, links die Frauen, alle da, wo sie hingehören, und *Hochwürden* repetiert seine Litanei in Fleisch und Blut über Brot und Wein, unter besonderer Berücksichtigung der jungen Männer, mahnende Worte, die keiner ernst nimmt, womöglich der Pfarrer selbst auch nicht, aber hier sagen alle ständig etwas, das zwar nichts bedeutet, sich aber so gehört. Das eigentliche Opfer ist es, die langweilige Prozedur durchzustehen, von rechts und links argwöhnisch beäugt, nicht bewegen, nicht gähnen. Und keinesfalls lachen. Dann gehen alle ins Wirtshaus essen und trinken, bis sie nicht mehr können. Anschließend versuchen die Burschen sich im Paartanz mit den jungen Frauen, was aber kaum einem gelingt. Der Kompromiss findet sich im paarweisen Weintrinken unter Männern, zunächst sitzend, später in schwankenden Verrenkungen, wo der eine Halt am anderen sucht. Dieses Bacchanal wird Burschenweihe genannt

Um den Profit des Wirtes vernünftig zu begrenzen, wird der unter Bedrohung von Leib und Leben dazu verpflichtet, am darauffolgenden Abend die initiierten Jungmänner freizuhalten, das heißt, solange Wein vorzusetzen, bis wirklich keiner mehr kann. Anschließend wird der Kirchtag begraben, rein symbolisch, versteht sich. In einem sargähnlichen Trog liegt stellvertretend ein leerer Doppler, den die durch und durch alkoholvergifteten Jungmänner dann an einem Strick durch den Ort ziehen und schließlich in einer bereits am Tag zuvor ausgehobenen Grube beisetzen – nicht ohne zwischendrin aus einer herumgereichten Flasche in großen Schlucken zu trinken. Spätestens ab da kann sich dann wirklich keiner mehr merken, was er tut, und nicht alle schaffen es bis nach Hause in dieser Nacht.

An den folgenden Tagen sieht man die Jungmänner kaum, und falls man doch einem auf der Gasse begegnet, sieht er nicht gut aus. Erschöpfte Haltung, quellende Schwellung im Gesicht, die Augen stark gerötet. Niemand verliert ein Wort darüber, stillschweigende Gemeinschaft, wer kann sich überhaupt und dann woran im Speziellen noch erinnern, die Losung gilt: Reden wir nicht darüber.

Die Initiation bringt auch ein Privileg mit sich. Ab jenem Tag müssen die Jungmänner während der Messe nicht mehr in den vordersten Reihen der Damenseite bei den Knaben sitzen, sondern dürfen stehen, ganz hinten, beim großen Tor unter dem Chor. Mag sein, dass das auch den neuen Status des Dazwischen-Seins, nicht mehr Kind, noch nicht verheiratet, abbildet, auf jeden Fall bringt es einen strategischen Vorteil: Wer seinen Platz am Tor hat, kann unbemerkt später kommen und etwas früher gehen, aus der Pfarrkirche ins Dorfwirtshaus, und sich früher dem widmen, das *Hochwürden* eben noch so nachdrücklich angepriesen hat: „Trinket alle davon!“

Hacken

Nie will ich einer von denen werden, längst werde ich weg sein, bevor es überhaupt so weit kommen kann. Mich werden sie nicht initiieren, niemals werde ich mich ihren befremdlichen Riten aussetzen. Und falls doch, dann bloß zum Schein, um meine wahren Absichten zu verschleiern. Ich muss hier raus, ich werde nicht kapitulieren, nicht wie Napoleon auf St. Helena verzweifeln, nicht wie Kaiser Karl auf Madeira mich grämen. Frankenhayn ist keine Insel, das erleichtert die Sache schon mal sehr. Strahlend schön wie eine Madonnen-Erscheinung im örtlichen Lourdes-Grotten-Nachbau steht sie jetzt vor mir, meine Idee: Flucht! Froh bin ich, dass mir das eingefallen ist. Fest entschlossen, allerdings noch ohne Plan, aber vom Gelingen des Ausbruchs überzeugt, von den Verlockungen der Freiheit entzückt.

Da braucht es Komplizen, und meine Wahl fällt auf zwei meiner Cousins: der eine ein Jahr älter, der andere ein Jahr jünger und ich selbst die solide Mitte. Zu dritt mit ähnlich begrenztem Erfahrungshorizont – das mildert die Zweifel und hebt die Begeisterung.

Der Älteste von den dreien ist der Kleinste, folglich muss er bei allen Spielen den schmerzhaften Part übernehmen. Das Opfer am Marterpfahl kann er sehr gut, lustig ist auch das Den-Pflock-beim-Einschlagen-Halten, während sein jüngerer Bruder versucht, mit einem langstieligen Vorschlaghammer zu treffen. Er hat immer irgendwelche Verletzungen vom Spielen, kleine Wunden, aber nie etwas Ernstes.

Sein kleiner großer Bruder hingegen ist rotznasig, ganz wörtlich, auch mitten im Sommer.

„Das kommt von die Polypen“, sagt er und leckt sein Nasensekret von der Oberlippe.

„Po-Lippen?!“, fragt sein älterer Bruder nach. Er hat sie gar nicht kommen sehen, so schnell schlägt seines Bruders Faust zur Antwort auf seinem Ohr ein. Langsam sinkt er in die Knie, weint still und hält sich mit beiden Händen das getroffene Ohr.

„Arla, magst noch eine? Aufs andere Ohrwaschel, dann bist nicht so schief. Oder nochmal aufs selbe, dann geht der Schmerz schneller weg.“ Als der Kleinere noch nicht richtig sprechen konnte, rief er seinen älteren Bruder: Arla. Das ist ihm geblieben. Zur Vergeltung nennt Arla seinen Bruder Herla, und dafür gibt's jedes Mal Schläge. Aber immer seltener treffen die, denn Arla hat bemerkt, dass er nicht nur der Schwächste, sondern auch der Schnellste ist. Er läuft einfach davon. Aus sicherer Entfernung winkt er dann seinem Bruder zu.

„Na gut, mir ist es wurscht, dann hau' ich halt dich“, mit einem halbseitigen Grinsen kommt Herla auf mich, den Dritten im Bunde, zu. Für Flucht ist es zu spät, schon hat er den Arm um meinen Hals gelegt und drückt mich nach unten: „Warum das überhaupt Schwitzkasten heißt?“

Eigentlich ist Finger-Umbiegen seine bevorzugte Tortur. Dabei fasst er das auserwählte Opfer am Unterarm, mit der anderen Hand ergreift er den Daumen und biegt ihn mit etwas Schwung, um den Widerstand von Sehnen und Gelenkkapsel leichter zu überwinden, nach unten, bis der Daumen an der Elle des Unterarms anliegt. Das geht schnell, bereitet große Schmerzen und sieht nach Unfall aus. Wenn das Opfer den Fehler begeht, die Wahrheit über den Hergang zu erzählen, kommt bei nächster Gelegenheit der kleine Finger dran, hochgeklappt, auf die äußere Handfläche. Selbst der Dümmste im Dorf weiß: Wenn was mit Fingern ist – Unfall. Mit dem Rad gestürzt, über Stiegen gefallen, aber niemals Herla sagen.

So gesehen habe ich ja durchaus Glück, im Schwitzkasten zu sein, auch wenn sich das Blut in meinem Kopf staut und der Druck hinter den Augen steigt.

„Jetzt machen wir ihn auf. Und schauen hinein in den Großstadt-Schädel. Arla, bring' mir einen Stein, einen spitzen, ich hack' ihn auf, den Bubikopf."

Und was macht Arla, das eigentliche Opfer? Er hebt einen Stein vom Boden auf, einen spitzen schneeweißen Kalksteinbrocken, und kommt näher. Das macht mir jetzt richtig Angst, den beiden Idioten ist alles zuzutrauen, die denken vielleicht gar nicht daran, dass das mein Ende sein könnte. Jetzt steht Arla neben uns, schaut nach unten auf meinen Hinterkopf, wie der da so aus dem Schwitzkasten raussteht. Er holt aus – und der Stein trifft Herla hart an der Stirn. Sein Griff lockert sich, er taumelt nach hinten, ein kleines Rinnsal hellroten Blutes bahnt sich den Weg durch seine linke Braue, weiter über die Wange bis ans Kinn.

„Renn' weg! Schnell!" schreit Arla, und wir laufen beide um unser Leben, allerdings in entgegengesetzte Richtungen, das erhöht die Chancen, zu entkommen, weil der schon wieder grinsende Cousin sich nicht entscheiden kann, wen er verfolgen soll. Dann lässt er es ganz bleiben, schlendert davon, und schleckt allen Rotz, der nicht wieder durch die Nase hochzuziehen ist, mit seiner Zunge ab.

Wahrscheinlich muss man es mit den beiden genauso machen wie im Zirkus der Dompteur mit den wilden Tieren: nie den Rücken zukehren. Und sie immer mit irgendetwas beschäftigen, damit sie ja nicht darauf kommen, das zu tun, was eigentlich in ihrem Wesen liegt. Ich muss mir etwas einfallen lassen, ich brauche Ideen, Pläne, Unternehmungen.

Herla steht im Hof, an den offen stehenden Flügel des Stadeltors gelehnt, drückt ihn gegen irgendeinen Widerstand ein Stück nach hinten und lässt sich dann vom Torflügel wieder nach vorne schubsen, nochmal, immer wieder, ein fader Rhythmus. Mit dem Zeigefinger wischt er Blut von seiner Wange, leckt es ab, grinst schief und sagt: „Wollt ihr zwei kosten? Mein Blut ist für alle da."

„Lamm Gottes, dich sollten wir wirklich schlachten."

„Komm' her und ich erlöse dich von deinen Sünden. In Ewigkeit."

„Amen."

Sie sind Ministranten, wie alle Buben im Dorf. Aber meine beiden Cousins sind radikal religiös, sie nehmen die Idee vom Messopfer wörtlich, und selbst Arla, der aufgrund der körperlich-gewalttätigen Verhältnisse zum Lamm vorherbestimmt ist, scheint seine Rolle dabei noch irgendwie zu genießen, auch wenn er sich dem Äußersten dann doch durch Weglaufen entzieht.

„Ich habe eine Idee: Wir hauen ab. Wir flüchten aus dieser Welt, lassen alles zurück und werden frei und glücklich sein", sagt Herla.

„Ausbrechen?“
„Wie aus einem Gefängnis.“
„Also graben wir einen Tunnel.“
„Ich weiß auch schon, wo das Werkzeug ist.“

Herla grinst halbseitig links, Arla steht in sicherer Entfernung, in beider Augen kann ich das Glitzern ihrer Begeisterung sehen, die Vorfreude auf das kommende Große. Das mag ich am liebsten an meinen beiden Cousins: ihren Enthusiasmus. Und ich weiß, wie er zu wecken ist.

Schon schleppt Arla eine Spitzhacke aus dem Holzschuppen heran. „Die ist für mich“, tritt ihm Herla in den Weg. Sofort lässt Arla das Werkzeug fallen und läuft weg. „Hier wird der Einstieg sein“, beschließt Herla, holt weit aus und hackt die Spitze in die Wiese: mitten im Garten, zwischen zwei Zwetschkenbäumen.

Zwar habe ich nicht einmal eine ungefähre Vorstellung von einem Ziel, doch Flucht klingt großartig, verheißungsvoll, vielversprechend. So wie mein ganzes Leben danach sein würde. Meine beiden *enthusiastischen Cousins* aber scheinen auf eine noch viel tiefere Art und Weise planlos zu sein. Womöglich könnte ich sie überreden, einen Stollen bis zum anderen Ende der Welt zu graben, wo wir dann kopfstehend auftauchen würden?

Rock / Hose

Hinter einem Grabstein liege ich auf der Lauer, von hier ist der Seiteneingang zum Kirchenschiff und die Tür zur Sakristei gut zu sehen, er wird mir nicht entgehen, der *Hochwürden*, wenn er denn endlich rauskommt. Warum braucht das denn so lange, die heiligen Handlungen sind längst getan, alle kopftuchtragenden schwarzgewandeten Frauen haben die Kirche verlassen, und das Ablegen des Messkleidchens und des spitzenbesetzten Unterröckerls kann doch nicht so lange dauern.

„Glaubst hat der Pfarrer unter seinem Kleid eine Hose an?", hat neulich Herla gefragt, mit einem ersten Anflug von Begeisterung im linken Mundwinkel, „Wie könnten wir das überprüfen?"

Zu sehen ist jedenfalls keine Hose, so lang und so weit ist der Talar.

„33 Knopferl hat der, für jedes Jahr eines."

„Und wenn er einen verliert, einen Knopf?"

„Man müsste von unten reinschauen. Oder den Rock kurz anheben."

„Vielleicht trägt er auch nur eine kurze Hose, jetzt, im Sommer."

Da fliegt die Tür zur Sakristei auf, und heraus schwingt voll guter Laune der Talar mitsamt *Hochwürden*, den Hut in der Hand. Jetzt! Ich springe aus der Deckung, laufe hinter der Linde herum, schneide ihm den Weg ab, pflanze mich vor ihm auf: „Ich bin einer von euch. Es ist mir offenbar geworden. Gesehen und erkannt habe ich es, mit dem Wein und uns, die Verwandlung."

„Aha. Das ist außergewöhnlich, weil selbst die meisten Theologen das noch nicht ganz verstanden haben. Willst Du jetzt Ministrant werden?“

„Darum geht es nicht. Ich will Wein trinken, ins Nichts schauen, alles sehen. Meinetwegen können mich auch alle anbeten.“

„Bis vor kurzem wärst du dafür noch auf den Scheiterhaufen gekommen, die Inquisition verstand da keinen Spaß, die haben auch Kinder drangenommen, wenn sie so waren wie du.“

Er will nicht darüber reden. Das ist ganz offensichtlich. So will es der Ritus. Stillschweigend verschworene Gemeinschaft. Das verstehe ich, weil ich ja mittlerweile einer von ihnen, das heißt: einer von uns bin. Ich will ihm ein stummes Zeichen unter Brüdern geben, wie ich es von Vater gelernt und in der Messe gesehen habe: Blicke auf den imaginären Punkt ungefähr zehn Meter vor mir, presse die Lippen aufeinander und nicke still. Schade, dass wir keinen Wein haben, wir hätten kosten können, schlürfend, schmatzend den Ritus vollziehen.

„Kennst du die Geschichte der Ruine?“, beendet *Hochwürden* den mystischen Moment, aufblickend zur Burgruine auf einer Kalkklippe hoch über dem Dorf.

„Die Schweden haben sie zerstört, die stolze Burg Frankenhayn, als sie im Dreißigjährigen Krieg die Gegend hier verwüsteten und alle Katholiken niedermetzelten. Das Burgfräulein wollte den Schlüssel zum Tor nicht herausgeben. Also haben sie die Burg zur Ruine zerschossen und zur Strafe das Fräulein eingemauert. So geht die Geschichte. Aber das ist nicht Wahrheit, das ist Legende, Märchen, Erfindung. Vielmehr war's der adeligen Bagage damals zu ungemütlich da oben, selbst im Sommer wurden die Kemenaten nicht richtig warm, immer Zugluft, und der Aufstieg war mühselig. Also haben sie sich nicht weit von hier ein Haus gebaut. Mit Wald und Wiesen. Ein Schlösschen. Aristokratisch gemeint heißt das: bauen lassen, nichts selber machen, und dabei fest glauben, was Besseres zu sein. In dem Schlösschen da drüben lebte es sich dann viel schöner als auf diesem schroffen Felsen da oben. Aber die Bauern aus dem Dorf haben sich revanchiert. Weil sie der *Zehent* ohnehin schon drückte und sie obendrein noch für das neue Schloss bluten mussten. Also haben sie heimlich des Nächtens begonnen, die alte Renaissanceburg zu demolieren. Und die schönen Steine als Fundament für neue Bauernhäuser zu verbauen. Und heute, viele Generationen später, findest du kein Haus in diesem Dorf, das sich nicht zumindest ein paar Steine von der ehemals so mächtigen Burg in die eigenen vier Mauern einverleibt hat. So geht Gerechtigkeit, mein Sohn."

Und so gehen wir nebeneinander über die Treppen, die vor dem Portal der stolzen Kirche steil abfallen, vier Absätze zu je 13 Stufen zähle ich so nebenbei. Die Spitzen von *Hochwürdens* schwarzen Schnürschuhen blitzen bei jedem Schritt unter dem weit ausschwingenden Rocksaum hervor, aber Hosen kommen nicht zum Vorschein.

„Mutter zieht im Winter auch Hosen an unter dem Kittel", gab Arla zu bedenken, als wir die Frage erörterten, „aber der hat einen Zipp und keine Knopferl, 33." Verschlungene Logik meiner Cousins, immer frei assoziierend im Einmachglas ihrer Gedanken.

„Warum fragen wir ihn eigentlich nicht?"
„Das kannst nicht machen. Das wäre, wie wenn du eine Frau fragst, ob sie einen BH anhat."
„Welche Frau?"
„Wir bauen einen geheimen Kran mit einem Stuhl, und wenn er sitzt, ziehen wir schnell hoch. Dann können wir von unten reinschauen."

Dazu muss *Hochwürden* durch eine Finte in den Garten gelockt werden, das will ich übernehmen, nicht zuletzt, weil es mir die sicher schmerzvollen Erfahrungen des Kranbaus ersparen wird.

„Einen Seilzug, der die schwersten Lasten haben kann, wollen wir bauen."
„Sogar den Pfarrer."
„Ihr meint einen Flaschenzug?"
„Klingt nach uns, das würde passen."

Es bleibt unklar, ob die beiden das auf die emblematische Zweilitrige, den hochsymbolischen Doppler, oder eher metaphorisch auf sich selbst, als blödsinniges Doppel, beziehen, aber es ist ganz klar, dass jetzt nicht der Zeitpunkt ist, Fragen nach Sinn oder Bedeutung zu stellen. Hat sich der Enthusiasmus meiner beiden Cousins erst einmal Bahn geschlagen bis zur Wirklichkeit der Dinge, dann gibt's kein Halten mehr, und man sollte besser nicht im Weg stehen.

„Aber wo sind denn die Rollen, wir brauchen doch Umlenkrollen für den Mechanismus?"
„Haben wir nicht, wir versuchen's zuerst ohne, nur das Seil über den Ast."

Ein solider Stein ans Ende des Seils geknotet, nach einigen Versuchen gelingt der Wurf über den Ast, und schon rollen die beiden vom Schnittholzhaufen hinter der Scheune ein schweres Stück vom Stamm eines unlängst gefällten Zwetschkenbaums heran.

„Viel zu schwer, um es zu tragen, genau richtig als Pfarrerstellvertreter zur Probe."

„Wir müssen uns alle drei voll reinhängen, ich klettere zuerst rauf, dann ihr zwei, nacheinander."

Herla ist schon zwei, drei Meter am Seil hochgeklettert, Arla folgt mit einem kleinen Respektabstand, jetzt hänge ich mich ins Seil – und tatsächlich, es funktioniert, das Holz hebt sich vom Boden.

Meine Handflächen werden warm, plötzlich sehr warm, dann zu warm, ich lasse los. Damit ändert sich abrupt die Fahrtrichtung, der Stamm schlägt mit einem stumpfen Mampf am Boden auf, die beiden Cousins baumeln hoch oben.

„Mit dem Herrn Pfarrer darf uns das nicht passieren."

„Da lassen wir früher los."

Von unserer hebetechnischen Vorrichtung darf er nichts erfahren, nicht frühzeitig jedenfalls, das ist ja die Falle, in die wir ihn locken wollen, und seine eigene Fabulierlust soll der Köder sein: Auch meine beiden Cousins würden gerne hören von der Wahrheit hinter den Geschichten, die man im Dorf erzählt, als die Ruine noch keine war und ein Verlies hatte, in dem Ketzer eingesperrt waren. Ob er uns besuchen wolle, in Großmutters Garten, sie kredenzt ihm eine Jause, und wir hören zu.

Einen Bugholzstuhl aus dem Hause Thonet, kaum beschädigt, drei Beine sind noch unversehrt und voll tragfähig, retten wir vor seinem traurigen Ende als Brennholz. Das Seil mäandernd um und durch das ge-

bogene Gestänge geschlungen, und bitte schön: „Stuhl am Seil."
„*Sessel* am Seil."
„Aber Sessel ist doch –"
„Erklär' du uns nicht, was ein Sessel ist, sonst zeig' ich dir, was Stuhl in Wirklichkeit bedeutet."
„Der Baumstamm, der muss auf unsere Seite. Als Zunge am Waagerl."

Lachend lässt sich *Hochwürden* auf dem Dreibein nieder, tut so, als würde er nichts von der konspirativen Seilschaft sehen, bemerkt aber wohlwollend das feine Arrangement zu seiner Rechten: Wir haben uns den Doppler aus Vaters Zeger ausgeliehen, den Hackstock herangeschleppt und zum Tisch gemacht. In dem Moment, wo er das Glas zum Trinken ansetzt – so ist unsere geheime Verabredung –, wird Herla ins Seil springen, Arla ihm folgen und ich den ans Seil gebundenen Baumstamm von seiner erhöhten Wartestellung kippen. Und mit voller Kraft am Seil ziehen.

Da reißt das Seil am Stuhl, der kippt nach vorne, *Hochwürden* liegt im grünen Gras, wir drei, das Seil noch in den Händen, nicht weit von ihm.

„So ist es viel bequemer, ich danke euch. Leider hab' ich beim Hinlegen meinen Wein verschüttet."

„Was ist die Wahrheit, wie Sie sie kennen? Als die Burg noch keine Ruine war?"

Arla schenkt nach, und alle tun, als wäre nichts passiert, als wäre das ein üblicher Akt zur Einstimmung aufs Erzählen und Zuhören, der dreibeinige Stuhl dreht sich hoch oben am Seil.

„Die Geschichte beginnt vor über 400 Jahren bei einem gewissen Esaias Andreas Scholl, der kam aus Dingfort, wo auch immer das sein mag, jedenfalls weit weg, wahrscheinlich dort, wo das Land ganz platt und das Leben recht fad ist, hierher nach Frankenhayn. Keiner fragte, warum er von zu Hause weg war. Weil er aber lesen und schreiben konnte und Not am Mann war, wurde er zum Dorflehrer gemacht, als solcher dem Pfarrer untertan, denn das rechte Wissen kam in jener Zeit noch aus dem Glauben. Der Pfarrer von Frankenhayn, Nicolaus Woisch mit eigentlichem Namen, erkannte das Talent seines teutonischen Schulmeisters und lehrte ihn den Kirchendienst, das Ministrieren des Ritus, dem Priester zu dienen beim Opfer.

Der Pfarrer hatte auch einen klugen Kopf, las viel, dachte über das, was er sah, gut nach. Er merkte, wer zur Messe kam und wer nicht, wer seine Kinder taufen ließ und wer das jüngste nicht mehr zu ihm brachte. Die Wiedertäufer lebten in diesen Jahren im Geheimen, denn die Grausamkeiten, die sich in Münster wenige Jahre zuvor zugetragen hatten, kannten alle, und den Blutdurst des römisch-katholischen Kaisers und seiner Schergen fürchteten sie. Sogar der Klerus blieb von diesen Henkern nicht verschont. War der Vorwurf, Ungläubige, Ketzer in der Gemeinde zu dulden, sie nicht dem Bischof anzuzeigen, erst einmal in Umlauf gebracht, da dauerte es nicht mehr lange, bis der Landvogt kam, um auf Befehl des Bischofs die sofortige Versetzung des Pfarrers zu verlautbaren. Woisch hat diese Geschichten nie geglaubt, denn man hörte nie wieder auch nur irgendetwas von den angeblich Versetzten. Es hieß also, auf der Hut sein.

Eines Morgens war der Pfarrer weg, verschwunden mitsamt seiner Frau und ihren vier Kindern, das Haus war leer, die Speisekammer ausgeräumt. Kleidung, Hausrat, alles mitgenommen, der Aufbruch musste seit langem schon in Vorbereitung gewesen sein. Für diese Flucht ohne Abschied, ohne Wort, Gruß oder Segen konnte es nur einen Grund geben, das wussten alle im Dorf, aber gesagt hat es keiner: Pfarrer Woisch war ein Wiedertäufer, einer von den – so wurden sie auch genannt – Chiliasten, die zu wissen glaubten, dass Christi Rückkehr und das Ende der Welt unmittelbar bevorstanden.

Der Dorflehrer Scholl war schon Jahre zuvor weg aus Frankenhayn in die Bischofsstadt gezogen, um sich den Studien der Theologie zu widmen und so dem öden Dorfleben zu entkommen. Er hatte geheiratet, bevor er die Weihen zum Priester empfing. Sein Gesuch, die Gattin ins Pfarrhaus mitnehmen zu dürfen, war Formalität, denn der Bischof hatte es schwer, alle Pfarren mit Pfaffen besetzen zu können, allzumal mit solchen, die nicht logen und betrogen und seiner Herde das Leben noch schwerer machten, als es auch ohne geistlichen Beistand schon war. Also besser verheiratete Pfarrer als keine – viri probati, das half außerdem mit den äußerst bescheidenen Zuwendungen durchzukommen, die Ehefrauen verstanden sich besser aufs Wirtschaften als irgendwelche heimlichen Weiberleut'.

Die Primiz hatte Scholl endlich die verhasste Lehrverpflichtung vom Hals geschafft, die tägliche Qual, vierzig oder mehr verdreckte Kinder in Schach halten zu müssen, stumpfsinnig schon in diesem Alter, ein schweres Leben und einen frühen Tod vorgezeichnet in ihren matten Augen. Aber niemals hätte er sich träumen lassen, zurückzugehen in diesen Ort, Frankenhayn, wo er so lange Lehrer gewesen war. Doch es kam anders als ihm lieb war, denn der dortige Pfarrer, so ließ der Bischof ausrichten, wäre über Nacht verschwunden, und Scholl geeigneter Ersatz. Also wieder zurück in dieses Dorf, statt des Katheders jetzt allerdings die Kanzel.

Scholl wusste, wie Woisch vor ihm, wer vom rechten Glauben abgefallen war, aber er sah nicht hin, solange diese Leute ihre Gütergemeinschaft hinter verschlossenen Toren lebten und ihre apokalyptischen Fantasien für sich behielten. Ließ der Bischof nachfragen, so antwortete er, nichts Derartiges bemerkt zu haben. Und so manches Kind, von Scholl im Taufbuch eingetragen, hat sein Lebtag keine Kirche von innen gesehen.

Als der greise Pfarrer von Schlaatz das Zeitliche segnete, ersuchte Esaias Andreas Scholl um Versetzung. Seinem Gesuch wurde stattgegeben, und es kam ihm vor wie eine kleine Erlösung, eine unglaubliche Befreiung, als er mit seiner Frau und den beiden Töchtern die Höhe zum Galgenberg hinanstieg, die Kirche, den Pfarrhof, das Hospital und die geduckten Keuschen drumherum hinter sich ließ, fünf Stunden, höchstens sechs, und sie würden in Schlaatz sein und nie, niemals wieder in das geheime Nest von Wiedertäufern, Frankenhayn genannt, zurückkehren.

Ursprünglich kamen diese aus Tirol, dann auch aus Bayern, und warum sie sich gerade hier niederließen, wussten sie wahrscheinlich selbst nicht. Drei oder vier zum Anfang, womöglich hier zufällig liegen geblieben, machten gemeinsame Sache, das sprach sich herum, und dann wurden es immer mehr. Bruderhöfe sind wie Bienenstöcke, Gottes Geschöpfe die einen wie die anderen, stets fleißig in ihrem gefälligen Tun. Kein Eigentum für niemanden, der Besitz gehört allen, so lebten die.

Aus Münster hatte man andere Geschichten gehört, Jan Leyden, ihr selbst ernannter König, soll sechzehn Ehefrauen gehabt und, wie er mehrfach betonte, sich ihrer nur zu deren Schutz erbarmt haben. Lüsternheit und Apokalypse, das verträgt sich gut.

Eines Tages erwachte dann die Obrigkeit aus ihrem Schlummer. Ein kaiserlicher Hauptmann erschien mit einer Schar Bewaffneter auf dem Bruderhof bei Frankenhayn, legte alle Männer in Ketten, gut vierzig waren's, die zuerst hier auf der Burg ins Loch gesteckt wurden. Die Burg, auf der damals schon lang niemand mehr wohnen mochte, so hart und kalt, eben ungemütlich war's dort. Für die Ketzer gerade recht, befand der Landvogt. Jedenfalls bis zu ihrer Ausweisung, sechs Wochen später ging's ab im Gänsemarsch Richtung Meer, bis Triest, dem nächsten Hafen, das war zu Pferd in drei Wochen zu schaffen, die Wiedertäufer würden es zu Fuß machen, so lernten sie schon jetzt etwas von ihrer geliebten Apokalypse kennen. Und weil sie immer alles miteinander taten, sollte auch ihr Wandern eine gemeinsame Sache werden, mit einem Strick an den Hälsern zu einer lebendigen Kette verbunden. Der Vogt hatte eine rechte Freude mit seinen Wiedertäufern und deren Behandlung.

Die Friulaner aber waren in Glaubensfragen weit weniger leidenschaftlich, und so kam's, dass alle, die's bis dahin überlebt hatten, aus der Haft entkommen konnten. Während die Wachen Mittagsruhe hielten, seilten die zur Abschiebung Vorgesehenen sich an dem Strick ab, der vor kurzem noch um ihre Hälse gebunden war. Und machten sich auf den Weg. Zurück. Nach Frankenhayn.

Ja, Buben, das sind eure Vorfahren. Deren Kinder oder Kindeskinder sind dann zwar doch wieder katholisch geworden, aber nur, weil man, wie man so sagt, ihnen ein Angebot machte, das sie nicht ablehnen konnten.

Und so führt uns der Pfad des Lebens bald rechts, dann wieder links, manchmal bergauf und plötzlich geht's steil bergab. Apropos, Buben: Ich würde mich gerne erfrischen."

„Baden?"

„Noch nicht. Nur eine Kleinigkeit zu mir nehmen."

„Er will noch ein Glaserl."

„Auf die Nacht legt man sich nieder und in der Früh steigt man wieder auf – das ist lokale Poesie, die das Schöne im Alltäglichen durch die Sprache erst sichtbar macht. Zum Wohle!"

Hochwürden nimmt einen kräftigen Schluck, legt den leeren Römer ins grüne Gras und sich auf seinen Rücken gleich daneben. Auch wenn sein Publikum kaum etwas von dem versteht, was er sich einfallen lässt, tut er doch nichts lieber als erzählen.

„Auf so manche Freude muss ein Mensch verzichten, aber bis zuletzt mag jeder Bilder und Geschichten", sagt *Hochwürden* lächelnd, doch da sind seine Augen schon geschlossen, Arme und Beine streckt er weit von sich, als würde er auf einem Meer aus Grashalmen treiben. Jetzt sehen die *enthusiastischen Cousins* ihre Gelegenheit im Gegenlicht: Mit einem Stöckchen wollen sie den Saum des Talars kurz lüften, und dann wird man schon sehen, wer hier Hosen anhat oder nicht.

Selbstbedienung

Entweder man ist Weinbauer, dann ordiniert man im Presshaus. Oder man ist zu betrunken, um den Keller halten zu können, dann tut man's beim Wirten. Oder man ist Frau, dann bleibt nur Kirche, Friedhof – und der Greißler, der sein Geschäft die längste Zeit als Kaufhaus gesehen hat, es aber neuerdings als *SB-Markt* beschildert, untrügliches Zeichen des Fortschritts, dass die Kundschaft sich und ein Gitterwägelchen frei bewegen darf durch zwei enge, kaum zehn Meter lange Gänge. Was aber völlig ausreichend ist, einerseits um das im Alltag Nötige zum Verkauf anzubieten, zur Selbstbedienung, andererseits um mehrere, an guten Tagen bis zu vier oder fünf Frauenhaufen zu beherbergen, Damenknäuel. Idealerweise drei, keinesfalls aber mehr als fünf – *Weiber*, wie sie im Dorf sagen, die kopftuchtragenden Köpfe zusammengesteckt, die Hände in die Hüften gestemmt. Oder vor der Brust verschränkt. So wartet man miteinander auf Ereignisse und tauscht Bewertungen aus, seltener das Wetter, meist jemanden aus dem Dorf betreffend. Gäbe es Neuigkeiten, hier würden sie verbreitet.

In strategischem Zangengriff hält das geschäftsführende verkaufslokalbesitzende Ehepaar Bim den Laden zusammen: Sie sitzt an der Kassa, die direkt an der Tür liegt, was im Winter kalt und unangenehm zugig ist, aber den Vorteil hat, ständige Bilanz zwischen zu Begrüßenden und Abzukassierenden ziehen zu können, doppelte Buchführung des Kommens und Gehens, mit einer feinen Methode, die ihr schon in der Handelsschule Freude bereitet hat. Frau Bim ist gerne auf dem aktuellen Stand.

Herr Bim hingegen steht am anderen Ende des Lokals hinter der Wursttheke. Auf seinem Kopf ein kleines weißes Käppchen mit schmalem Schirm, wie es die Radrennfahrer bei der Tour de France tragen, das verleiht ihm eine gewisse sportliche Note, die jene des weißen Arbeitskittels übertönt. Er winkt der eintretenden Kundschaft zu wie ein abholender Freund am Bahnhof: „Hier bin ich! Schön, euch wiederzusehen!“ Das kommt ganz leicht von oben herab, weil Herr Bim hinter der Theke eine Bühne aus Paletten gebaut hat, um seinen Stand zu erhöhen, weil er von Natur aus nicht sehr groß ist, wie alle in der väterlichen Linie der Bims ziemlich klein sind. Herr Bim ist so klein, dass er nicht über, sondern zwischen den Würsten hindurch die Kundschaft hätte begrüßen müssen. Nun ist diese Erhöhung vielleicht etwas zu hoch ausgefallen, allerdings handelt es sich nur um ein Provisorium, *Professorium*, wie Herr Bim lachend zu sagen pflegt, daran würde er noch arbeiten, vielleicht am Sonntag, wenn das Geschäft geschlossen ist – alles nochmal herausreißen und neu verlegen, nicht mehr vier Lagen Paletten übereinander, sondern eine solide Holzkonstruktion, ein Podium von akkurater Höhe. Aber noch ist nicht Sonntag, und Herr Bim sammelt sich und seine konstruktiven Gedanken wieder, begrüßt – bedient will jetzt werden. Die Kunde, so Herr Bim, kommt von Kundschaft, und deshalb ist die Kunde immer weiblich, auch wenn einer der Männer aus dem Dorf die Kundschaft ist. Die Kunde ist Königin, lacht er.

Hat sich die Kunde endlich der Theke genähert,

ihre Wahl getroffen und die Bestellung über den kleinen gläsernen Zaun gegeben, der die Speicheltröpfchen der Einkaufenden von der Wurst, der zu verkaufenden, abhalten soll, da gibt sich Herr Bim für einen Moment ganz durcheinander, als wäre er aus dem traumhaft schönen Gefühl des Wiedersehens mit der Person auf der anderen Seite des Glaszauns wieder in die schnöde Welt der Wurstwaren gestürzt worden, und mit einem Seufzer des Bedauerns entspricht er dem Wunsch der Kunde, schneidet die Wurst mit der Elektrischen in nicht *zu* dünne Scheiben und stapelt sie zu einem akkurat ausgerichteten Turm. Oder Zylinder. Herr Bim hat eine ausgeprägte Liebe zur Technik, zur Fahrzeugtechnik im Besonderen. Großräumigen Verbrennungsmotoren gelten seine liebsten Gedanken. Krakauerzylinder, Pikantwurstzylinder, Wurst ist immer rund wie ein Zylinder, überlegt Herr Bim, Schnittkäse hingegen nie, sondern immer kantig, warum eigentlich?

Bediene Dich selbst! Was für eine Verheißung. Und Herla versteht sie zu nehmen, sich das Versprechen anzueignen. Er entscheidet sich für Prinzenrolle und steckt eine in seine sommerliche Bubenhose.

„Nimm was Kleineres, das glaubt dir keiner."

„Wieso", sagt Herla und blickt nach unten auf die gewaltig spannende Auswölbung seiner kurzen roten Sporthose mit den drei weißen Streifen an der Seite.

„Nimm Schokokeksi", poröser Bisquitersatz, die untere Seite in Schokolade getunkt, in bedrucktem Jausenpapier zur Rolle gepackt, aber deutlich kleiner in Durchmesser und Länge als die Prinzen. Das war noch immer ambitioniert, auch nicht glaubhaft, aber nicht ganz so priapisch.

„Grüß Gott", tröten wir drei Cousins dem Knäuel aus Frauen am Ende des Ganges entgegen. Wie die Hühner ruckeln die ihre Köpfe, vor, zurück, seitlich gedreht, zur Seite gelegt:

„Ah." „Na!" „Do?" „Schau." „Geh –." „Ui." „Oje."

Sie sind so beschäftigt mit sich selber, sie haben nichts bemerkt, uns auch nicht.

Herr Bim hat jetzt alles wie bestellt aufgeschnitten, gestapelt, verpackt, Mutter über den Glaszaun gereicht. Traurig schaut er drein, ob das dem Abschied von der Wurst oder von der Kunde gilt – nicht zu sagen.

Mutter windet sich an dem Frauenknäuel vorbei, ihr geblümter Kittel will bleiben bei den anderen verwandten Schürzen, Blumen zu Blumen, aber sie ist stärker.

„Habt ihr keine Arbeit. Da herumstehen. Mitten am Tag."

Die Frauen heben ihre schnurrbärtigen Oberlippen zu einem Lächeln an und zeigen ihre langen Zähne.

„Alte Frauen haben immer lange Zähne. Die wachsen ihnen im Alter, wie der Bart."

Mutter bezahlt an der Kassa, alles außer den Schokokeksi.

„Ah, der Stadtbub ist auch wieder da! Bleibst länger?"

Eigentlich wäre er schon längst wieder weg, aber er kann ja nicht, er darf nicht.

„Nach Hause gehen", wünscht sich Mutter, es wartet der Kümmelbraten im Rohr, die Erdäpfel wollen geschält werden.

„Schau“, sagt Arla, kaum, dass wir draußen sind aus dem Selbstbedienungsparadies, und zieht aus seiner Hose eine Konservendose: feine Dorschleber.
„Das geben wir den Katzen.“
„Aber die Schokokeksi nicht.“
„Frau Bim hat einen Riesenbusen.“
„Das heißt: Brust.“
„Eine große Brust.“
„Zwei.“
„Ob der Herr Bim das Kapperl auch beim Schlafen auf hat?“
„Der schlaft sicher auf ihrer Brust.“
„An ihrem Busen wird er nuckeln.“
„Mit Kapperl?“
„Der Kleine von die Selbstbediener hat erzählt, die haben Sexhefterl unterm Bett.“
„Der hat doch keine Ahnung.“
„Aber der wohnt doch dort. Bei seinen Eltern. Da wird er's wissen.“
„Gehen wir hin, schauen wir uns an.“
„Jetzt wird gegessen, niemand geht wohin.“
„Na gut, dann eben nachher.“
„Traritrara, die Post ist da.“

Der *Postler*, wie alle Großen ihn nennen, radelt klingelnd und winkend an uns vorbei.
„Schaut's, der fährt auch heim zum Essen.“
„Vater hat gesagt, alle Depperten sind fröhlich.“
„Heißt das, der Ort ist voller – Was ist das Gegenteil von deppert?“
„Gscheit.“
„In unserm Ort sind lauter Gscheitln.“

„Oder der Postler ist deppert."
„Ich mag ihn, der hat drei Töchter in unserm Alter."

Vater sitzt an der einen, Mutter an der anderen Stirnseite des Esstisches. Auf der Bank an der Wand wir drei Buben. Die *enthusiastischen Cousins* essen jeden Tag bei Vater und Mutter zu Mittag.
„Weil's daheim nichts für uns gibt", sagt Herla grinsend.
„Nur Schläge, und die machen nicht satt", ergänzt Arla.
„Magst einen?", trägt Herla an.
„Still, essen!" beendet Mutter das Zwiegespräch.
„Mit dem Kümmelbraten ist es wie mit dem echten Leben: Das Grausliche muss man wegtun, dann aber findet man immer wieder was Schönes. Mageres in dem Fall. Aber am liebsten das knusprige Schwartl."

Auch wie's Leben: Wenn's schmeckt, darf man nicht dran denken, wo's herkommt. Gebratene Schweineschwarte, ich habe gesehen, wie diese Schwarte im Dreck lag, ungebraten.
„Ist das die Sau, die wir abgestochen haben?"
„Du hast dein Lebtag noch nichts abgestochen, iss jetzt."
„Wir könnten die Katzen impfen, nach dem Essen. Der Tierarzt hat zwei Spritzen in den Mistkübel geworfen, als er gestern bei die Sau war. Die hab ich jetzt."
„Aber ohne Nadel."
„Wenn wir's ihnen ins Popoloch stecken? Vorher füllen wir's mit Wasser an."
„Und geben ihnen die Dorschleber zum Fressen."
„Ich würde gerne eine Katze schlachten. Weil eine Sau ist zu groß für uns, das schaffen wir nicht."

„Schlachten wär' schon schön."
„Und dann kochen wir das Herz, wie Mutter."
„Oder die ganze Katze, die ist ja nicht so groß."

Die *enthusiastischen Cousins* kochen die Katzen nicht. Aber sie impfen sie. Von dem Tag an gehen die Tiere den Buben aus dem Weg, Katzen mögen kein Klistier. Jetzt wollen sie sich um die Schweine kümmern. Doch die Muttersau beißt Arla in die Hand, obwohl er sie nur tröstend streicheln will, während Herla – sie werden nie wieder versuchen, Schweine zu impfen.

Die Wiese hinterm Haus mit Vaters Obstbäumen – das ist jetzt unser Garten, wir haben ihn erobert und halten ihn besetzt. Einige Bäume sind schon arg malträtiert, eine dicke Wulst von bernsteinfarbenem, glasklarem Harz quillt aus den Wunden, die wir den Stämmen mit einem Beil zugefügt haben. In der Mitte des Gartens klafft ein Loch, daneben ein Erdhaufen von beachtlicher Höhe. Die Grabungen sind gut vorangegangen, jetzt muss die Unternehmung vor den Alten verborgen werden.
„Wie gräbt man einen Tunnel, ohne dass es zu sehen ist?"
„Bei Nacht?"
„Doch immer, immer wieder geht die Sonne auf..."
„Wir könnten Gras über die Sache wachsen lassen."
„Über Nacht?"
„Wir bauen ein Haus."
„Tolle Idee, aber wo?"
„Wir bauen ein Haus genau über Loch und Haufen."

„Und dann ziehen wir dort ein und müssen nicht mehr zu Hause schlafen."
„Oder wir stecken den Arla ins Loch und schaufeln's wieder zu."
„Dann kannst du aber nicht mehr flüchten, nicht durch den Tunnel."

Der Hausbau geht zügig voran, Latten werden zu einem Gerüst zusammengenagelt, Vaters gesammelte Plastiksäcke, die einst Kunstdünger enthielten, der längst in den Weingärten verstreut ist, entliehen, dann aufgeschnitten und als Planen auf die Konstruktion montiert. Das ist zwar nicht regenfest, gibt aber eine brauchbare Sichtabdeckung und verströmt einen interessanten Geruch von moderner Chemie. Ein paar von den hellblauen Kügelchen halten sich noch in den Ecken der Säcke versteckt, wir sammeln sie ein, und während Arla überlegt, ob er sie ins Saufutter mischen soll, probiert Herla selbst davon.

„Schmeckt fad. Aber wenn man's zerbeißt, knackt's."

„Kommt, gehen wir in den Garten", das klingt für uns drei immer verheißungsvoll, ist aber trügerisch, wenn Mutter es sagt, das ist schon an ihren sieben Sachen zu sehen, die sie zum Aufbruch bereitlegt. In eine zweihenkelige Tasche aus schwerem, schwarzbraunem Leder legt sie neben einen halbvollen Doppler in ein Tuch eingeschlagen ein Stück Brot und Speck dazu. Auf dem Weg, der in zwei von Traktorrädern ausgefahrenen Rinnen hinter unserem Garten vorbei hinaus zu den Feldern schlingert, hängt sie die Tasche an den langen

Stiel des mitgenommenen Schergeräts, legt's über die Schulter und lässt's im Takt ihrer Schritte baumeln.

Ihr Garten ist nicht unser Garten, und die Namensgleichheit eine zufällige. Ihr Garten ist außerhalb des Dorfs, hinter dem letzten Haus, der ehemaligen Mühle, noch ein schönes Stück zu Fuß, entlang des Mühlbachs, dem man jetzt den Garaus machen will: Flurbereinigung heißt das, Radikalbegradigung des mäandernden Rinnsals. Die modernen Zeiten haben auch dieses Dorf erreicht, die Straßen werden asphaltiert, das Wasserklosett im Haus löst das Plumpsklo neben dem Misthaufen ab, und den Mühlbach legt man in ein Bett aus Beton.

Mutters Garten heißt also Mühlgarten, der größte Teil ist mit Kartoffelstauden zugewachsen, in der Mitte, vom Weg kaum zu bemerken, gibt es ein Feld im Feld, wo Karotten, Petersilie, Sellerie und Knoblauch gedeihen. Unsere Favoriten aber sind die lila-weißen Kugelblüten der Zwiebeln.

Mutters Garten, nicht zu verwechseln mit ihrem Gartl. Denn das Gart-l ist der umzäunte Gemüsegarten gleich hinterm Haus zwischen Holzschuppen, Misthaufen und unserem Garten. Dort werden alle Viktualien gezogen, die schnell zur Hand sein müssen, der Schnittlauch auf der Suppe, der Salat zum Schnitzel. Und die Gladiolen für die Gräber. Das Gartl ist mit absolutem Verbot belegt, niemand hat Zutritt außer Mutter, die dort Stunden verbringt, gebückt oder kniend, jätend, setzend. Heute unterbricht sie die Arbeit, legt das kleine Werkzeug im Holzschuppen ab, der sich an den großen Bruder Scheune lehnt, vorbei an den breiten Latten, die den Misthaufen im Zaum halten, über die Tretten – ob das von treten kommt? –, ein erhöhter Gang, wie ein Pier in den Hof ragend. Am Schweinestall vorbei, hängt sie die schmutzige Arbeitsschürze innen an die Tür des Kuhstalls, den schon längst keine Kuh mehr bewohnt, der aber immer noch so heißt, kommt die Stiege unter den Arkaden herauf. 19 Stufen, jede anders, bucklig und krumm getreten, vorne Holz, tiefe Rillen. Wo früher Maserung war, stehen jetzt nur mehr Grate, ausgebürstet, dahinter Ziegelstein, gebrannter Ton als Füllung des Tritts, geborsten, zersplittert und uneben. Durch die Hoftür genannte Hintertür erreicht sie das Haus, geht durch das Vorhaus in die Schlafkammer. Der Schrank passend zu den Bettsarkophagen, als Garnitur einst zur Hochzeit geschenkt bekommen, mit einer Psyche, aber die braucht Mutter nicht, „Steht im Weg und hilft nicht, die Psych'". Girlanden hölzernen Laubes ranken sich um den Spiegel, darunter eine von drei Laden getragene Ablage, das weiße Spitzendeckchen von einer Glasplatte vor allen Zumutungen geschützt. Sie legt ihr Alle-Tag-Gewand ab und ihr schönes an: schwarze Bluse, schwarzer Rock, schwarze Jacke, die so lang ist wie ein kurzer Mantel. Jetzt noch das schwarze Kopftuch unterm Kinn geknotet, die schwarze Tasche glänzt zum Aufbruch bereit. Zur Sonntagsmesse wie zum nachmittäglichen Segen, zu jeder kirchlichen Andacht richten sich alle Großmütter des Ortes wie Witwenfrauen her. Nur dass heute nicht Sonntag ist, es ist eines Arbeitstages Vormittag, bald Zeit, das Mittagmahl vorzubereiten. Doch heute nicht, denn es ist die Nachbarin gestorben, und jetzt gehen die Frauen in ihr Sterbehaus, um für ihr Seelenheil zu beten.

„Sie hat einen schönen Tod gehabt", sagt Mutter, „sie ist im Ohrensessel eingeschlafen."
„Ich gehe mit."
„Da gehen Kinder nicht hin."
„Ich schon. Ich muss das sehen, den Ohrensessel mit der Nachbarin. Wichtig ist das."

Die Sehnsucht, die schwarzen Frauen und die schlafende Nachbarin leibhaftig zu erleben, fördert meine Ausdauer, und solange gehe ich Mutter mit Nachdruck auf die Nerven, bis sie schlussendlich kapituliert: „Meinetwegen."

Schon vor dem Betreten des Hauses, auf der Gasse noch, höre ich das betende Gemurmel, drinnen ist alles abgedunkelt, im flackernden Kerzenlicht der Ohrensessel, der leider seine fantastischen Vorstellungen nicht annähernd erfüllt, viel kleiner als erwartet, mit grünem Samt bezogen, darauf ein Kissen, unpassend geblümt, es ist noch ein Abdruck zu sehen, eine Einbuchtung im Kissen, wahrscheinlich vom einnickenden Kopf der Nachbarin. An der Rückenlehne zwei sich bescheiden nach vorne biegende Seitenteile, aber von Ohren keine Spur.

Mutter und ich stehen an in der Reihe, drei oder vier schwarze Frauen vor uns, um endlich auch an den mit weißen Tüchern verhängten Tisch in der Mitte des Raumes zu gelangen, darauf eine hellbraune, fast gelbe Wanne, ganz ähnlich dem Trog, der im Kuhstall im Haus der Großeltern steht. Darin, auch sie ganz in Schwarz wie zum Kirchgang gekleidet, die Nachbarin, schlafend. Ihre Hände hat sie artig gefaltet und ein viel zu großes Kruzifix an ihre Brust gedrückt. Lange schaut

Mutter auf ihr Gesicht, mit ernster Miene prüfend, ob sie auch wirklich schläft. Ihre Augen bleiben zu, und sie atmet nicht.

Dann nickt Mutter, zustimmend, bekreuzigt sich, und wir treten zurück, reihen uns ein in die murmelnde Gemeinschaft der Frauen.

Mit Blicken zeichne ich die Konturen der silbernen Kandelaber rechts und links vom Tisch nach, so große Kerzenhalter gibt es sonst nur in der Kirche, solche hätte ich auch gerne, ich male mir aus, wie die Frau Nachbarin abends gesessen ist in ihrem enttäuschenden Ohrensessel, in ihrem Zimmer, und den tanzenden Kerzenflammen zugesehen hat.

Es ist heiß, und die Luft ist schlecht. Woher der seltsame Geruch kommt, kann ich nicht sagen, immer mehr schwarze Frauen kommen und tun wie Mutter getan hat, drehen die silbernen Kettchen zwischen ihren alten Fingern und murmeln ihre Trauergebete, leise, als wollten sie die Nachbarin, die eingeschlafene, nicht wecken.

Schlachten

Herr Pettermann ist ein lieber Mann. Insgesamt rundlich, am Schädel kein Haar, die Kalotte seiner Glatze glänzt wie mit Fett poliert. Ein gewinnendes Lachen im Gesicht, immer ein fröhliches Wort, deshalb lieben ihn alle Kinder, und nicht nur die: Er ist ein gern gesehener Besucher auch bei den Alten. Seine Aktentasche, braunledrig, vom Mahlwerk der Jahre fein patiniert, mit zwei blechernen Schnallen als Verschluss, legt er auf den Tisch, die Schirmmütze, schon beim Betreten des Hauses zum Gruße abgezogen, gleich daneben.

„Wie ist es?“
„Es muss. Es wird.“
„Nehmen wir ein Glas, bevor wir anfangen?“

Vater greift zum Doppler und stellt zwei Römer auf den Tisch, die mit ihren grünen Wülsten und ziselierten Glasgravuren eine kleine barocke Eskapade in der sonst schnörkellosen Küche bilden.

„Gesundheit!“
„Sollst leben!“

Der erste Schluck wird wie immer mit einem würdigen Schlürfen genommen, hernach beißen die Männer den Wein ein wenig, um ihn schließlich gut hörbar zu schlucken. Schweigend nickt Herr Pettermann, anerkennend, vielleicht den Wein, oder eher doch den Vater. Oder den Moment überhaupt.

„Wie schwer?“
„Knapp über 100 vielleicht.“

Herr Pettermann presst seine Lippen fest aufeinander, ganz weiß werden sie, nickt nochmals, leichter, ausklingend, den Blick zu Boden gerichtet. Niemand im Dorf spricht viel, das Leben hier erzählt sich selbst, unüberhörbar, und dazu gibt es wenig zu sagen.

„Wollen wir?“

„Gehen wir's an.“

Vater nimmt seinen schwarzen Filzhut von der Ablage und setzt ihn, wie immer, leicht schräg auf. Ob das von einer gewissen Ermüdung in der Schulter kommt oder doch eher Ausdruck eines rustikalen Chics ist, bleibt ungeklärt. Ein letzter Schluck, geräuschlos, und die beiden gehen gemessenen Schrittes aus der Küche und die Arkadentreppen nach unten in den Hof, wo alles vorbereitet ist. Der schwere Holztisch, fast schwarz vom Alter, in der Mitte tief ausgekerbt, die schräg stehenden Beine massiv, aber roh in der Platte verkeilt. Daneben ein kleines Gerüst, knapp übermannshoch, ein Balken, darin angespitzte, leicht nach oben geschwungene Holzstifte. Aus seiner Aktentasche nimmt Herr Pettermann die säuberlich gefaltete weiße Schürze aus schwerem Köper und ein geschnürtes Bündel, löst das Band und rollt es auf. Darin acht oder vielleicht zwölf Messer, nach Größe sortiert, eine stählerne Orgel. Und ein stählernes Schiffchen.

Tief drückt der Strick, an dem Vater zieht, sich in den Hals der Sau, doch sie wehrt sich, sie will nicht raus aus ihrem Stall, nicht raus auf den Hof, zu dem Gerüst, dem Tisch mit den Messern, dem lieben Herrn Pettermann. Sie sträubt sich und quiekt, schreit und brüllt. Jetzt sind wir dran, wir drei Buben, hinten anschieben, draufschlagen, treten, damit sie weitergeht, die Sau.

Herr Pettermann zieht den Wetzstahl übers Messer, das zischt kalt, in einem klaren Rhythmus, *zzt - zzzzt, zzt – zzzzt, zzt – zzzzt,* hält er das Tempo und blickt lächelnd auf Vater, wie der am Strick zerrt, und noch scheint nicht klar, wer hier gewinnen wird: das Tier oder die Schlächter mit den drei Buben, für die das Abstechen ein Fest ist. Ihm hat das als Kind auch so gut gefallen, erinnert sich Herr Pettermann, die Schläge, die Schreie, die ganze Aufregung überhaupt. Dann legt er Messer und Wetzstahl weg.

„Ruhig halten jetzt."

Wir drei ziehen mit ganzer Kraft am Schwanz des Tieres, Vater am Strick in die Gegenrichtung, für einen Moment hält das Tier inne, wehrt sich nicht und kackt vor Angst. Herr Pettermann holt weit aus, den langen Stiel fest in seinen prallen Händen, jetzt trifft das Beil mit der stumpfen Seite voran auf den Sauschädel. Ein kaum hörbares Knacken, und die Sau fällt um.

Mutter stellt die große, braunrot emaillierte Schüssel neben dem still liegenden Tier ab, tastet suchend über den Hals der Sau, gefasst und ruhig, sie weiß, sie wird finden, was sie sucht. Mit der andern Hand führt sie ein Messer, dessen Klinge, ganz schmal geworden vom vielen Schleifen, in einer steilen Spitze ausläuft, an den Hals des Tiers und setzt den kleinen Schnitt. Es spritzt zuerst, dann sprudelt es, dickflüssig rot, von leicht metallischem Geruch, dampfend in der Kälte, das Blut, in einem Bogen in den Weidling, wie Mutter ihre Schüssel nennt. Da will die Sau zurück ins Leben, zuckt strampelnd, versucht, wieder auf die Beine zu kommen, doch Vater kniet sich auf ihre Schulter, und auch wir setzen uns auf das zuckende Tier, das ist ein seltsamer Ritt.

„Du da", sagt Herr Pettermann zum Größten von uns dreien, „Geh her da. Nimm den Löffel und rühr. Das Blut muss man rühren, sonst stockt es. Immer rühren."

Schwarz spiegelnd dreht sich das Blut in der Schüssel, nur dort, wo es schäumt vom zu heftigen Rühren, glänzt es rot.

„Ganz ruhig und gleichmäßig rühren. Es soll nicht schäumen. Und nicht spritzen. Alles hat seine Ordnung. Die Sau muss geschlachtet werden, dafür ist sie da. Und wir lassen nichts verkommen. Alles wird aufgebraucht."

Mutter gießt siedend heißes Wasser in den Trog, mehrere Kübel, der Dampf hüllt uns für Momente in Wolken, Lichtbalken zwischen Schatten.

„Jetzt muss es schnell gehen. Bevor das hier kalt wird."

Ohne ein Wort greifen Vater und Herr Pettermann gleichzeitig den Kadaver bei den Haxen und schwingen ihn in den Trog. Das erste, das einer Sau nach ihrem Tod passiert, ist ein heißes Bad. Den Trog kennen wir gut: Die meiste Zeit lehnt er an der Wand, ganz hinten im ehemaligen Kuhstall, der, seit es keine Kühe mehr am Hof gibt, als Lager für Gerätschaften genutzt wird. Und wenn wir leise sind, bemerkt es niemand, dass wir da drin sind. Der Trog ist lang genug, um einen Bubenkörper vom Kopf bis zu den Füßen zu fassen, hineingelegt, die Hände gefaltet und die Augen geschlossen.

„Wart, ich drück sie dir zu, die Augen. Das macht man so –"

„Aber doch nicht, wenn die Leiche schon im Sarg liegt. Da sind sie schon zu."

„Hör auf zu atmen, wenn du die Leiche bist."

Wir haben es immer bedauert, dass es keinen Deckel zu dem Trog gibt. So konnten wir das Begräbnis leider nie zu Ende spielen.

„Nicht träumen. Rühren."

Ein kräftiger Schnitt an der Hinterseite der Haxen, so tut sich ein guter Spalt zwischen Knochen und Sehnen auf, hier das Seil durchgezogen, über den Querbalken des Gerüsts geworfen und mit Kraft hochgezogen, bis die Hinterhaxen auf der Höhe der hölzernen Zähne sind. Einer rechts, einer links aufgespießt, möglichst weit aufgespannt, hängt das tote Tier gekreuzigt am Balken.

Zzt – zzzzt, zzt – zzzzt, zzt – zzzzt wetzt Herr Pettermann wieder die Klinge. Die Sau hängt, wo sie hingehört, das Blut ist ausgekühlt und nicht gestockt. Mutter trägt den Weidling in die Küche, Vater kippt das Wasser aus dem Trog.

„Die Mädchen würden jetzt wahrscheinlich tanzen", sagt Arla, „die tanzen gerne, wenn der Rhythmus passt. Und. Auch einfach so vor Freude. Ich freue mich. Wir haben es gut gemacht, das Abstechen. Und waren mit dabei, zur Hand gehend, am Schwanz ziehend, die Sau zum Stillstehen zwingend, damit sie der Herr Pettermann mit seiner Axt punktgenau auf den Schädel treffen kann. So machen das Komplizen."

Ausgewetzt, das Messer ist geschärft, Herr Pettermann hat auch schon die Hemdsärmel hochgerollt und setzt ganz oben an einem nur ihm sichtbaren Mittelstrich entlang des Tierbauchs das Messer an und ritzt, zunächst ganz leicht, die erste Hautschicht. Dann nochmals, tiefer, in weißes Fett, und länger wird der Schnitt, bis zur Brust. Jetzt wieder vorsichtig, die Muskelstränge der Bauchdecke durchtrennend, immer wieder führt er das Messer über dieselbe Strecke, der Schnitt geht tiefer, wird länger, bis schließlich der Bauch eröffnet ist: Das Gekröse fällt nach vorne, aber nicht zu Boden, nur ein Stück weit, gehalten von weiß glänzenden Fettschichten.

Vater stellt den gesäuberten Trog darunter, wissend, noch wenige Schnitte, und das verschlungene Gekröse fällt herunter. Mutter sucht, findet und birgt die Leber. Herr Pettermann schneidet Lunge und Herz aus dem Rippenkäfig und reicht alles an Mutter weiter, die es in eine Schüssel legt. Ohne Eile, ohne Wort, ohne Lächeln.

Das sagt der Herr Pfarrer auch immer zu seinen Ministranten: „Nicht denken, nur tun." Die Handlung wurde gelernt, geübt, gekonnt. Ministrieren heißt dienen. Und eigentlich sind sie wie alte Ministranten: Mutter, Vater und Herr Pettermann, ohne Pfarrer, im schwach beleuchteten Hof, eine geheime Zusammenkunft, um Unheimliches zu tun. Diese ziehende Aufregung beim Abstechen, ein wärmendes Kribbeln im Bauch, ob die anderen das auch empfanden? Jetzt aber, wo die Sau ausgeräumt und die Innereien sortiert sind, da ist auch das vorbei.

Alles, was jetzt noch kommt, ist langweilig, das kennen die *enthusiastischen Cousins* schon, mit einem Beil hackt Herr Pettermann das Brustbein auseinander, zerteilt den ausgeweideten Schweinekörper in Fleischstücke, jetzt ist alles Leben weg, die Kreatur nicht mehr zu finden, rotes Fleisch auf weißem Fett, dazwischen Knochen. Das Kostbarste hat Mutter mit in die Küche genommen. In einer weißen Porzellanschüssel ruht die Leber, das Herz siedet schon auf dem Herd. Mutter ruft die Männer, mahnt sie zur Eile. In feine Scheiben geschnitten, mit grobkörnigem Salz bestreut, wird das gare Herz auf einem schweren Holzbrett kredenzt und mit den Fingern gegessen. Niemand spricht, schweigend kauen Vater, Mutter, Herr Pettermann und wir drei Buben.

Leichenschmaus

Der weinerliche Singsang von fünf Chorfrauen, ihre Stimmen so dünn, als wären sie gleich als nächste an der Reihe, sich zur ewigen Ruhe zu legen, der ansteigende Hang ohne Wege zwischen den dicht sich drängenden Gräbern. Mehr stolpern und steigen denn schreiten zum Abschied, so kann man ein Begräbnis nicht in Würde begehen. Die gelangweilten Ministranten in ihrer lächerlichen Verkleidung schauen drein, als würden sie auf den Bus warten, während die hölzerne Kiste, mit einem Deckel fest verschlossen, an zwei Seilen in die Tiefe ruckelt. Die Grube haben die zwei Nebenerwerbstotengräber gerade so lang und breit in den harten, mit Kalksteinsplittern durchsetzten Boden gehauen, dass der Sarg der Nachbarin hineinpasst. Um die Andacht der Trauergemeinde nicht zu stören, stimmen sie ihr Vorgehen durch Wort-Teile ab, die niemals mit Stimme gesprochen werden, sondern – ohne die Lippen zu bewegen – aus ihren halb offenstehenden Mündern übers Grab hinweg gehaucht werden.

Hat sich der Sarg der Fahrt nach unten widersetzt und zwischen vorstehenden Steinen verkeilt, halten die beiden inne, blicken sich an, offenen Mundes, und nicken sich zu, worauf ein leises, aber unheimliches „Hohhhh" zu hören ist. Sobald der Sarg wieder frei und beweglich, folgt ein neuerliches angedeutetes Nicken. „Ohhhh" haucht es und, jetzt mit mehr Schwung, lassen sie Leiche samt Gehäuse abwärts rumpeln. So müssen sie öfters reversieren, um schließlich die Beisetzung zum von allen gewünschten Ende zu bringen.

Es sei denn, es löst sich, wie bei der Leich' vom Wirten, ein Seil aus der Führung und das Fußende kracht, vernehmbar hart aufschlagend, nach unten. Und plötzlich steht der Sarg senkrecht in der Grube. Für einen Moment ist es ganz still, manche glauben, noch ein verzweifeltes „Hohhhh" zu hören, dann aber löst sich am Kopfende der Deckel, der vorhin noch geöffnet war, um einen letzten Blick auf den Verstorbenen zu erlauben. Ganz langsam kippt das Deckelchen nach vorne. Doch bevor noch einer aus der Trauergesellschaft auch nur einen Blick ins Innere der letzten Behausung des Wirten hätte werfen können, schlägt die Hand des Totengräbers hart darauf. Und hält es fest, das Deckelchen. Besorgt schaut er drein, während er draufhält, und haucht zu seinem Amtsbruder hinüber, schon deutlicher vernehmbar: „Hhhhaltet nichhhht."

Jetzt ist auch nichts mehr auszurichten mit dem ausgeklügelten Reversieren, es wird schwierig werden, die unglückliche Lage pietätvoll zu beheben. Nach kurzem Meinungsaustausch, schnellem, völlig unverständlichem Hin- und Hergehauche, nicken beide gleichzeitig und bestimmt und blicken zum Herrn Pfarrer, der die Augen weit aufgerissen und seine glänzende Stirne in tiefe Falten gelegt hat und versteht, was die beiden noch immer halb offenen Münder gar nicht mehr aushauchen müssen: Man wird die Zeremonie wohl oder übel in dieser Haltung zu Ende bringen müssen. Der liebe Verstorbene im Sarg stehend, eine Totengräberhand auf der Höhe des Gesichts das Deckelchen festhaltend.

Ein Trauergast nach dem anderen tritt an das offene Grab, steht dem stehenden Wirten gegenüber, nickt, bekreuzigt sich und wirft ihm eine Handvoll Erde vor die Füße. So hat der sture Wirt auch noch post mortem seinen Willen durchgesetzt: *Macht was ihr wollt, ich mach' es anders.*

Zu seinen Lebzeiten hat der Wirt ein ganz passables Auskommen gehabt, nicht zuletzt dank der üblichen Aufwendungen der Hinterbliebenen für eine schöne Leich'. Denn der dazugehörende Leichenschmaus wurde stets in seiner Gaststätte abgehalten. Teile von toten Schweinen wurden, bevor man sie verschmauste, gründlich geplättet, in Mehl, Ei und Semmelbrösel gewendet, goldgelb frittiert, oder wie es hier im Dorf heißt: herausgebacken, was aber nichts mit Gebäck und dessen Herstellung zu tun hat. Zufällige Namensgleichheit. Erst Jahre später wurde die begriffliche Verwirrung noch erweitert, als der Fritter in die Küche kam, der aber eigentlich nur zum Herausbacken verwendet wurde. Jedenfalls: Das Schwein wurde zum Schnitzel gemacht – und das Totenmahl zur Stärkung der Trauergemeinde und zur Grundlage für ausführliches Trinken. Essen, trinken, lachen, mehr trinken, so begann die schwarz-weiß gewandete Trauergemeinde dann zu dampfen. Auch den Wirt freute das, aber nur inwendig, weil zeigen konnte er sie nicht, seine Freude. Ihm war das Leben insgesamt sehr anstrengend, und selbst im Sitzen brachte er kaum die Kraft auf, einen ganzen Satz zu denken. Ohne irgendeine mimische Regung saß er da, die Kinnlade leicht abgesenkt, und hielt sich fest an der Kante des Tisches vor ihm, blassgrünes Resopal mit hellgrauen Adern wie Marmor, praktisch beim Drüberwischen, zu seiner Kindheit waren das noch Holztischplatten gewesen, aber das ist die neue Zeit, alles aus Plastik. Zerkratzt nicht, altert nicht, nur die Glut der Zigaretten setzt ihm zu, wenn die nicht aufpassen oder einnicken, die Gäste, die Trankler und Dippler, in der Stube. Hätte er nicht seine weiße Schürze, das Insigne gastronomischer Herrschaft, getragen, man hätte glauben können, er wäre auch einer von den hochalkoholischen Dauerhockern, die schon so gut wie zum Inventar des Schankraums gehörten. *Schank Schenke Geschenkt* – manches Mal konnte der Wirt selber nicht verstehen, wie seine Gedanken in kleinen Schritten im Kreis gingen und Worte sagten, die er sich gar nicht gedacht hätte.

Totenmähler mochte er am liebsten. Fixes Menü, Suppe, Schnitzel, Salat, Torte, fixer Preis. Drei Dorfweiber, die für ein paar Schilling auftrugen und abräumten. Hinter der Schank nicht viel zu tun, ein paar Krügeln zapfen, die meisten trinken ohnehin nur Wein, da stehen die Doppler schon auf dem Tisch, wenn sie kommen, und ein jeder schenkt sich selbst ein, so viel er mag, solang er kann. Und eine Ruh' ist.

Wochentage waren dem Wirten auch recht, da war gar nichts los, und er hatte den ganzen Tag seine Ruh'. Die zwei oder drei Dauerhocker waren vom Immer-Weiter-Trinken so sediert, dass sie ohnehin nicht mehr sprechen konnten. Und es kam gar nicht so selten vor, dass der Wirt wie seine Gäste ein kleines Nickerchen machte, bei Tisch, im Sitzen, das Kinn auf die Brust gestützt, mit der Linken die Tischkante festhaltend. Bis ihn die Türklingel aus dem Schlaf riss, weil wieder irgendein Unnötiger irgendwas wollte.

Sonntage aber waren wie ein Gift für den Wirten, die ganzen Leut' schon in aller Früh. Während die schwarzen Weiber noch die Stiegen zur Kirche hinaufstiegen, saßen die ersten Burschen schon da, in seiner Schank, und verlangten frech nach Wein.

„Gebt's a Ruh', ein jeder kriegt seins."

„Und bald ruhest auch du."

Er hörte gar nicht hin, sie sollten ruhig lachen, es würde ihnen schon noch vergehen, ihr junges Lachen. Immer mehr kamen, und die Türklingel hatte sich gar nicht mehr beruhigt, auf einem verbogen-verdrehten Stück Bandeisen stand sie vom Türrahmen ab, und jedes Mal, wenn jemand eintrat, bekam sie einen harten Schlag ab, der sie in zorniges Zittern, heftiges Klingeling versetzte. Leid tat sie ihm, die Klingel, weil sie sich das auch nicht ausgesucht hatte, aber jeder hat seinen Platz, wo er hineingestellt wurde, der Wirt in der Schank, die Klingel bei der Tür.

Während die Letzten noch zum Frühschoppen sich setzten, gingen die Ersten schon zum Mahl ins Extrazimmer. Also Block und Blei genommen, von der Schank abgestoßen, triftete schwankend wie in Wellen der Wirt jetzt auf die Tische zu, schlurfend die Füße nachgezogen, und landete an.

„Was hättet ihr gewollt?"

„Was würde es geben?"

Völlig monoton, ohne auch nur die leiseste Regung in Gesicht oder Körper zu zeigen, zählte der Wirt die knappe Auswahl auf. „NudelsuppeLeberknödelsuppe-SchnitzlmitSolotNaturschnitzelmitReisSchweinsbratenmitKnödl.“

Er zog kurz Luft ein und weiter ging's: „KleinesGulaschgroßesGulaschCremeschnitteTopfentorte.“

Der Wirt verstummte, blickte unverwandt über die Köpfe der Gäste hinweg auf die Wand hinter ihnen, weißgekalkt und dann mit Gummiwalzen Bordüren von türkisblauem Muster darübergelegt, verschlungene Blumenranken und langstielige Pflanzen, mittig ein dreiliniger Balken. Und da saß, genau im Blickfeld des Wirten, eine Fliege. „Wenn der Urigeller nur durch Drandenken einen Löffel verbiegen kann“, dachte der Wirt, „dann muss das auch mit einer Fliege gehen. Ich will, dass sie auf dem Strich geht. Weiter nach oben. Jetzt. Gehe, Fliege!“ Die Fliege drehte sich einmal im Kreis, hinterließ einen kleinen schwarzen Punkt auf dem Strich und flog davon. Da legt der Wirt Block und Blei auf den Tisch, das war sein Punkt, drehte langsam ab und schlurfte davon. Er bemerkte die verwunderten Blicke der Gäste nicht und auch nicht das Lachen der Kinder hinter vorgehaltener Hand. Er sah es als Zeichen, es war doch wirklich wahr: Was gingen ihn denn irgendwelche fremden Zaubermagier an, das Fernsehen überhaupt, seit es jetzt auch noch in Farbe war, sah ohnehin alles aus wie im echten Leben, da brauchte er das Kastl erst gar nicht aufdrehen, da könnte er gleich dem ganzen Zirkus hier zuschauen. Er war so müde, der Wirt, er wollte sich hinsetzen, da, wo er immer saß, zumindest, wenn keiner störte, die Tischkante festhalten, das Kinn an die Brust legen und sich gedanklich verlieren in der Marmorierung des Tischbelags. Zur Ruhe kommen, nicht vom Denken sich antreiben lassen. Das Gelächter im Schankraum, aus der Küche das Klappern, das Klirren von Stahlbesteck auf Porzellan aus dem Extrazimmer, alles wurde jetzt leiser, und bald war es ganz weg. Jetzt konnte der Wirt das Blut in seinen Adern klopfen hören. Und niemand von den Gästen hätte gedacht, dass der Wirt schon als Nächster dran sein sollte, sich auf den letzten Weg zu machen. Allerdings stehend, wie gesagt.

„Wir müssen uns auf das Wesentliche konzentrieren. Unsere Zeit nicht mit Experimenten verschwenden, die nichts bringen. Das Problem, das es zu lösen gilt, ist die Frage, die sich stellt: Wie kommen wir hier raus?"
„Richtig."
„Ich mag Exp'rimente. Vor allem, wenn sie wehtun. Wem anderen."
„Wir müssen uns was einfallen lassen."

Schon ist das Leuchten in den Augen der *enthusiastischen Cousins* zu erahnen, kleine Fehlzündungen, die auf den rechten Funken warten, der ihr Feuer der Begeisterung vollends entfachen würde.

„Unterirdisch wird das nie was." Da stehen wir in unserem Haus aus Kunstdüngerplastiksäcken, blicken auf die Haufen brauner Erde. Das Werkzeug, achtlos hingeworfen, liegt verdreckt oben drauf. Das Loch ist gegen alle Widerstände von Wurzeln und Steinen mit Motivation der Androhung von Schlägen seitens Herla erstaunlich tief geworden, wir mussten schließlich aus zwei Kisten und einem Eimer eine behelfsmäßige Treppe bauen, um überhaupt wieder rauszukommen. Der Querstollen wurde dann deutlich langsamer vorgetrieben. Das Hacken, Stechen und Bohren am Bauch liegend war anstrengend, sehr sogar, und so beschlossen wir eines Tages, nicht mehr weiter quer zu graben, sondern gleich hier, soweit der Stollen eben reichte, keine zwei Meter hinter dem Haus den Ausstieg zu schaffen. Herla wollte unbedingt von unten graben, sein

Bruder kam ihm aus der anderen Richtung entgegen. Zur Feier des Durchstichs legten wir uns dann alle drei ins feuchte Dunkel des Stollens und wollten sehen, wer das untätige Schweigen als Erster nicht mehr ertragen konnte und *Raus!* schreien musste.

Was dann die Freude am Bauwerk ernsthaft beschädigt, ist ein schweres Gewitter spätnachmittags, es regnet, schüttet so stark, dass alles unter Wasser steht. Der Erdboden weicht sich auf, und trotz der Hitze der folgenden Tage bleibt der Stollen ein verschlammtes Loch und ist eigentlich zu nichts mehr zu gebrauchen.

„Aber schön war's schon."

„Ich hab' gerne gegraben."

„Be-graben. Du wirst. Ich werde. Dich."

„- - -"

„Die Entfernung ist das Problem. Wie wir möglichst weit wegkommen von hier."

„Fahren wir mit dem Traktor!"

Das ist eine so naheliegende wie begeisternde Idee, die zwei *enthusiastischen Cousins* sind schon unterwegs und rennen entflammt Richtung Scheune, klettern auf den Traktor und nehmen wie gewohnt ihre Plätze rechts und links auf den Schutzblechen über den großen Rädern ein, für mich bleibt der Fahrersitz. Von hier aus kann man die Welt regieren. Besser als jeder Thron. Auf der ersten Maschine, die für unser Leben wirklich Bedeutung hatte. Ein Steyr 182. Allerdings in Rot, was ungewöhnlich ist, weil die frühen Steyr alle grün sind. Die schwarz lackierten Schalen der Scheinwerfer stehen an dünnen Holmen seitlich weit vom Motorblock ab, die Augen des Gefährts. Und eine der Blechrippen vorne an der Stirn ist verbogen, aufgeworfen wie eine frech hochgezogene Lippe.

Das Anlassen des Motors ist für uns drei Routine, oft haben wir Vater dabei zugesehen. Ich ziehe den Standgashebel großzügig nach rechts, Arla übernimmt das Vorglühen mit dem kleinen Hebel links am Pult unterhalb der Öldruckanzeige, dann warten, bis die Drahtspindel hinter der kleinen Öffnung sichtbar rot glüht, jetzt Vorglühhebel loslassen, Herla drückt pünktlich den Anlasserknopf, und jammernd erwacht der Motor zum Leben. Zwei große Kolben, die sich abwechselnd erheben, jaulend, dann knallt's, und eine kleine rußige Wolke bestätigt: Jetzt ist er hellwach, der Traktor. Hämmernd kommen die beiden Kolben in Schwung und werden schneller. Standgas zurücknehmen: Er läuft. Im Stand, denn zum Glück ist kein Gang eingelegt, sonst würde es das große Scheunentor wohl aus den Angeln reißen. Und jetzt?

Arla starrt auf den hoch aufragenden Ganghebel, im Knauf eine Gravur, die die getriebliche Verbindung zwischen den Gängen illustriert. Aber welches Pedal drücken, das weiß auch Herla nicht.

„Probierst eines nach dem anderen. Muss ja irgendwie gehen."

Arla entscheidet sich für das äußerst rechte, Herla ist bereit, den Schalthebel nach vorne auf 1 zu drücken, „Da fährt er ganz langsam, so kriegen wir das Lenken besser hin." Jetzt bäumt sich der Motor mächtig auf, das Schlagen beschleunigt sich, denn Arla steht mit beiden Füßen aufrecht auf dem Gaspedal. Es wird sehr laut und die Luft recht schlecht, man sieht schon kaum mehr was.

„Los, weg hier!“

Runter vom Traktor, raus aus der Scheune.

Als Vater den startenden Traktor hört, glaubt er einen winzigen Moment lang, er würde träumen, er sieht die Ziehharmonika seiner heruntergelassenen Hosen um seine Knöchel, die Spitzen der schweren Schuhe darunter hervorstehen, er sitzt – aber nicht am Traktor, der immer lauter und schneller im Stadel nebenan hinter verschlossenem Tor hämmert. Vater flucht irgendetwas, das ihm nur ganz selten in den Sinn kommt, und kämpft mit Hosenträgern und Häusltür gleichzeitig. Das können nur wir drei gewesen sein, das ist ihm schon klar, bevor er uns noch aus der Scheune kommen sieht. Und diese Erklärung der inneren Zusammenhänge wird jetzt mit Ohrfeigen bedankt. Jeder eine, und gleich noch eine, mit der flachen Hand auf unsere Bubenwangen zielend, das klatscht laut und brennt heftig, wenn er trifft. Eine dritte wird angetragen, aber nicht mehr zugestellt, wir sind schneller. An die arme Sau und ihr trauriges Schicksal muss ich denken, als wir so durch den Hof laufen, alle drei Cousins durcheinander, Vater einmal hinter dem einen, dem andern her, unsinnige Anstrengung, früher oder später werden wir stehen bleiben, und er wird immer noch der Vater sein und uns in Reichweite haben für die verdiente Strafe.

Aber das ist nichts im Vergleich zu dem, was die beiden *enthusiastischen Cousins* zu Hause erwartet. Sie können nur darauf hoffen, dass er erst heimkommt, wenn sie schon schlafen, ihr monströser Vati, der nicht nur so aussieht mit seinem wilden Auge, das weit nach außen gedreht ist, als ob es um die Ecke spähen wollte,

Ungehorsamkeiten schon sehend, noch bevor sie begangen werden. Mit einer Bassstimme, die nicht laut werden muss, um allerlei zum Zittern zu bringen, aber dennoch meistens schreit, jedenfalls mit den Kindern – unsinnige Beschimpfungen, die sich wiederholen. Zwischendrin schlägt er zu, ihr Vati, mein *grausamer Onkel*, aber nicht mit der flachen Hand wie Vater, nein, er hat gern etwas in der Hand, wenn's ans Dreschen geht, einen schweren Gürtel am liebsten. Getreide wird gedroschen, um die Körner herauszuholen, was will ihr Vati aus seinen Söhnen herausholen? Das Beste, sicherlich. Weinen ist immer ganz schlecht beim Dreschen, das wissen die beiden aus schmerzvoller Erfahrung, das reizt Vati irgendwie, und er muss noch fester zuschlagen. Sofort hinfallen lassen, am Boden liegen bleiben, Hände vor die Augen und Ohren. Und leise wimmern, das hat sich für Arla noch am ehesten bewährt. Herla sieht das anders: „Ich heule nicht und ich wimmere nicht, selbst wenn er mich erschlagt."

Wenn er dann fertig ist, entladen und erleichtert, gibt's entweder Keller oder Saustall für die beiden. Stall ist besser, da ist der Gestank zwar widerlich, und wenn die Sau gerade Ferkel hat, ist sie auch ziemlich rabiat, aber alles besser als in den stockfinsteren Keller, über die steile Treppe geworfen ins Schwarze stürzen, um hart aufzuschlagen auf den dort eingelagerten Erdäpfeln oder dem Erdboden dazwischen.

Heute haben die beiden Glück, als sie das Haus der Großeltern verlassen, über die Straße gehen und die drei Stufen zur Gassentür ihres Elternhauses hinaufschleichen: abgesperrt. Sie sind nicht da, nicht der dreschende Vati und auch nicht Mutti, die niemals auf ihrer Seite ist. Manchmal schreit sie mit, wenn Vati losgeht, aber sie drischt nicht mit, sie sieht nur zu.

Allein, dass die beiden überhaupt ins elterliche Haus kommen, hätte schon für Argwohn gesorgt bei ihrem grausamen Vater: „Was habt ihr denn schon wieder angestellt?“

Und wenn sie nicht gleich eine zufriedenstellende Erklärung parat haben, gibt's Schläge, vorbeugend.

„Damit du weißt, warum du weinst.“

Sie könnten das Tor nehmen und über den verhassten Hof zwischen Misthaufen und Hundezwinger zur Hoftür gehen, sie wissen, wo der Schlüssel versteckt ist, aber wozu, was hätten sie dort tun sollen, in dem Haus, das niemals ihr Zuhause war. Und niemals sein würde. Die kindischen Fluchtversuche sind zwar alle zum Scheitern verurteilt, was daran aber gut tut, ist das Gefühl, am Ausbruch zu arbeiten, die Anstrengung zu spüren und zu wissen, es wird der Tag kommen, wo die Eisenstäbe dieses unsichtbaren Kerkers durchsägt oder mit dem Essbesteck aus der Wand gekratzt sind, der Fluchttunnel bis jenseits der Grenze getrieben ist – das ist es, und nur darum geht es.

Sie haben nie überlegt, wohin sie ein gelungener Ausbruch eigentlich hätte führen sollen. Es gibt kein Ziel, bloß das Projekt, die Unternehmung. Es ist eine Wette auf die Zukunft, und die ist noch weit weg, so weit wie das Erwachsenwerden, eine lange Reise, auf der man kaum vom Fleck kommt. Alles hier zwingt einen zum Stillstand, und am Ende ist womöglich auch noch zu befürchten, das Wachstum ihrer Bubenkörper könnte aufhören, der Antrieb dafür erlöschen, und sie würden als Zwerge altern, als Miniaturgreise Zeugnis ablegen, dass der Ausbruch nicht gelungen war. Aber so weit werden sie es nicht kommen lassen.

Ich für meinen Teil habe alle Predigten zum Thema Gefahr vom Traktor als fahrende Maschine, alle Erinnerungen an bestehende Verbote und einige Beschimpfungen hinsichtlich meines Benehmens und meiner mentalen Fähigkeiten von Mutter und Vater hingenommen. Es dauert gar nicht so lange, und es fällt ihnen nichts mehr ein, was mir an den Kopf zu werfen wäre, also wiederholen sie die letzten Eingebungen noch einige Male, ein aus dem Takt geratener zweistimmiger Chor: „Nichtsnutzige Rotzbuben, elendige, nichtsnutzige", verebbt der Zorn. Sehe ich da den Anflug eines Lächelns in den Augen des Vaters? Was findet der jetzt lustig? Oder gilt dies schon wieder einem Geheimnis, das mir vorenthalten wurde?

Plötzlich reißt er den Arm hoch, als würde er zum Schlag gegen mich ausholen: „Schau, dass du weiterkommst", zischt es aus ihm heraus. Der Arm bleibt oben, und jetzt bin ich mir sicher: Vater muss lachen und kann es gerade noch unterdrücken.

Das ist mein Zeichen: Ende des Tadelns, ab in den Garten. Meinen Garten. Gefängnisgarten. Jedes Exil hat einen Garten. Ich hätte mir eigentlich ein Labyrinth als Garten gewünscht, mit einem Minotaurus mitten drin, der portionsweise das halbe Dorf auffrisst, bis ich, Theseus – das ist aber auch kein wirklich schöner Namen für einen Helden, der… Weit komme ich nicht mit meiner Suche nach strahlenden, wohlklingenden Heldennamen, denn hier sind sie schon wieder, meine zwei *enthusiastischen Cousins*, sitzen im Zwetschkenbaum, dessen Früchte noch hart, unreif und mehr grün als blau sind, doch blau ist der Stoff ihrer Schuhe mit den weißen Gummisohlen, in die spiegelverkehrt eingeprägt steht: *Semperit*.

„Und was machen wir jetzt?"

Fahrgelegenheit

„Mit dem Traktor wird das nie was. Wir brauchen ein Auto."

„Aber du kommst doch gar nicht mit den Füßen an die Pedale."

„Wir können uns teilen, wir sind ja zu dritt. Einer ist unten bei den Pedalen, der andere lenkt."

„Und ich pass auf."

„Du wirst schalten und nicht aus dem Fenster schauen."

Während die zwei *enthusiastischen Cousins* die Details des neuerlichen Ausbruchversuchs erörtern, beschleicht mich die Sorge, dass wir diesmal ernsthaft scheitern könnten, es gibt zu viele Unwägbarkeiten, kommt mir vor.

„Irgendwie gefährlich ist das schon."

„Das ist ja das Gute", grinst Herla.

„Besser wär's, wir lassen uns fahren. Von einem Großen."

„Wir könnten uns als blinde Passagiere verstecken."

„Auf einem Schiff?"

„Siehst du das Meer?"

„Nein – "

„Eben."

Wir werden eine günstige Gelegenheit abwarten, bis jemand von weit her mit einem Auto kommt und dann wieder dorthin zurückfährt, wo er herkam. Mit uns. Im Kofferraum. Das muss ein großes Auto sein, wir werden gut Platz brauchen auf der langen Fahrt. Und das größte Auto, das in diesen Wochen vorfährt, das ist der dunkelblaue 350er-Mercedes des *Herrn Direktor*. Alle müssen *Herr Direktor* zu ihm sagen, er ist nämlich Bankdirektor. Und das in der Hauptstadt. Größer geht's nicht, nicht da, wo wir sind. Nur Herla vergrinst es zum *Herektor*.

Er schwitzt stark auf der Stirn, der *Herr Direktor*, lacht sehr laut, aber immer ohne Grund, und hat Riesenappetit. Er lobt Mutters Erdäpfelsalat voller Begeisterung, die Erdäpfel spricht er dabei immer exotisch aus, als wäre es eine ihm fremde, aber wohlschmeckende Frucht, ähnlich wie für uns Hawaii-Ananas. „Eeerdääääpfelsalat, heeervoraaagend!“, lacht er laut mit halbvollem Mund. Wiener Schnitzel ist für ihn nur Beilage, der Salat, mariniert mit Suppe, Zucker, Pfeffer, Salz, Öl und Zwiebel, der hat es ihm angetan. Beim ersten Nachschlag hat er sich noch einigermaßen im Griff, aber beim zweiten nimmt er Mutter den Vorlegelöffel aus der Hand, zieht die weiße Porzellanschüssel zu sich heran und verschlingt laut schmatzend den Salat, mit dem großen Löffel direkt aus der großen Schüssel. „Eeeerdääääpfel! Saalaat!“, jubelt er, und in den Winkeln seines Mundes sammelt sich ein kleines bisschen Brei vom zerkauten Salat an, das jetzt winzige Schaumkrönchen bildet, Fäden zieht während des Kauens und schließlich weggeleckt wird von der Direktorenzunge, der dicken, dunkelroten.

Das ist eine solide Unterlage, wie der *Herr Direktor* abschließend bestätigt, während er etwas von der überschüssigen Magenluft brummend ablässt, jetzt kann man in den Keller gehen. Er fährt, im Benz mit Vater, wir gehen.

Wie man den Deckel des Kofferraums öffnet, haben die beiden *enthusiastischen Cousins* schon während des Erdäpfelsalatessens geprüft.

„Alles mit blauem Teppich ausgelegt."

„Und ein Licht ist drin. Ob das auch brennt, wenn der Deckel zu ist?"

„Ich hab' auf jeden Fall Streichhölzer dabei."

Im Keller kosten die Männer, Vater hält den Tupfer im Arm, der *Herr Direktor* den halbvollen Römer in der Hand. Lacht. Und trinkt. Und Vater schenkt nach, aus dem Tupfer. Wir drei hingegen haben eine verantwortungsvolle Aufgabe übernommen. Eine nach der anderen tragen wir die Zweilitrigen vom Stapel im Presshaus hinauf über die fünf Tritte der Kellerstiege zum großen Mercedes und stapeln sie in den Kofferraum. Die erste, unterste Lage hatte der *Herr Direktor* noch selbst ausgerichtet, damit sie schön liegen, wie er sagt, die folgenden dürfen wir allein aufschlichten.

Wie der legendäre Mann am Ast sägend, auf dem er sitzt, füllen wir das Versteck unseres Fluchtwagens mit Dopplern, immer weiter, unausweichlich bis zu dem Punkt, an dem der Kofferraum voll und unser Plan gescheitert ist.

„Die Doppler verreisen und wir bleiben da."

Der 350er hängt über die Hinterachse leicht nach unten und reckt die Schnauze nach oben, bereit zum Sprung zurück in die Hauptstadt. Der Bankdirektor betrachtet unser Werk, strahlt bei dem Anblick und schlägt den Deckel zu.

„Für jeden einen Fufzger, das habt's euch verdient", grinst er zufrieden schwitzend. Wir aber können uns nicht recht freuen über den Geldschein in unserer Hand, unser eigenes Grab haben wir uns geschaufelt, wenn man das so sagen kann. Der Wein ist uns zum Verhängnis geworden – wo wir sein sollten, nichts als Flaschen. Wir haben keine Ahnung, wer Ferdinand Raimund ist, aber der spöttische Blick, mit dem er uns vom 50-Schilling-Schein anblickt, ist unangenehm, als hätte er schon vorher gewusst, wie das enden würde, als er noch in der Brieftasche des Direktors lag, unter einer Decke mit den anderen Scheinen, in seinem lächerlichen Aufzug mit dem wuchernd geknoteten Halstuch, die Ecken seines Hemdkragens bis zu den Wangen hochstehend, vorne kahl, hinten groteske Lockentürme. Aber uns herablassend anschauen.

Der *Herr Direktor* lässt sich auf den Fahrersitz fallen – jetzt knickt der 350er leicht nach links ein –, wirft den Motor an, und mit kurzen Hupenstößen sehen wir unsere Fahrgelegenheit davonfahren.

„Wir hätten's fast geschafft", sagt Arla mit glänzenden Augen voller Stolz.

Trari Trara

Die Vormittage sind des *Postlers* liebste Tageszeit. Wenn alles Zuzustellende sortiert ist, er sich gegen neun aufs Fahrrad schwingt – das Dienstfahrrad mit dem etwas zu groß geratenen Schild, das unter dem Schriftzug *Post* auch das entsprechende Horn zeigt –, und, die dicke Umhängetasche über der linken Schulter, zum südlichen Ortsende radelt, dann macht das beste Laune und vertreibt die Dämonen, die ihn nächtens heimsuchen. Kaum, dass er endlich, ohnehin viel zu spät, in den Schlaf gefunden, da kommen sie auch schon heraufgekrochen. Und setzen sich auf seine Brust. Oder auf seinen Kopf und drücken mit kalten Pratzen den Hals zu, bis er keine Luft mehr bekommt. Da schreckt er auf, sitzt im Bett und hört sein Herz im Kopf pochen. Zu seiner Linken ragt das Hüftgebirge seiner Gattin unter weißen Daunen auf, unbeirrt schnarcht sie vor sich hin. Aber sie sägt nicht beim Einatmen, sondern gibt gurgelnd Gutturales beim Ausatmen von sich. Selbst im Schlaf lässt sie ihn ihren Groll hören. Er kann sich schon gar nicht mehr erinnern, weshalb sie ihm eigentlich zürnt, womöglich weiß sie es selbst nicht mehr, es ist zu einer festen Einrichtung, einem soliden Zustand geworden, zu einer Art Gewohnheitszorn. Auch wenn er so tut, als würde er ihre beleidigenden Litaneien der Bösartigkeit nicht hören, irgendetwas davon bleibt doch an ihm haften. Und macht ihn müde. Und alt. Unvorstellbar, wenn er die Post nicht mehr hätte, und hinfällig hier im Haus eingesperrt sie den ganzen Tag ertragen müsste, da würde er sich vorher auf und davon machen.

Er schüttelt sich und stößt stöhnend Luft aus, wie ein Schwimmer, der nach zu langer Tauchstrecke wieder zum Luftschnappen an die Oberfläche kommt. Er schiebt sein Rad an, steigt mit dem linken Fuß aufs Pedal und schwingt sich dann erst, mit dem rechten Bein weit ausholend, in den Sattel. Pfeifend vertreibt er den Rest von dunklen Flecken der letzten Nacht und tritt fester in die Pedale. Das, jetzt, hier: seine Freiheit. Pfeifend bis ans Ende des Ortes zu radeln und am Rückweg in jedes einzelne Haus zu gehen, beim Eintreten lauthals und überschwänglich „Trari, Trara, die Post ist da!" zu schmettern, durchs Vorhaus mit großen Schritten in die Küche und dabei so tun, als würde er nichts sehen, als wäre er gar nicht da, nur seine Funktion, der *Postler* als Briefträger, vorhanden. Freilich sieht er alles, durch die offene Tür in die Schlafkammer, die feuchte Muffigkeit anderer Leute Elend, riecht den Gestank von Schweinemist, der sich mit dem Dunst vom Braten und Brutzeln vermischt. „Trari, Trara", er kramt zwei Kuverts und eine Reklamepostille aus der Umhängetasche, legt alles auf den Tisch und lacht, „Die Post ist da."

Die für ihre im Weingarten oder Keller arbeitenden Männer kochenden Frauen bieten ihm manchmal Kaffee an, gelegentlich auch Schnaps, ein Stamperl für den *Postler!* Aber er lehnt stets fröhlich freundlich dankend ab.

„Nein, danke, auch kein Glaserl, weil: Wir haben noch viel vor, meine Tasche und ich!", tätschelt sie wie den Hals eines Pferdes und geht wieder, lautstark einen

Abschiedsgruß rufend. Er will sich mit den Adressaten nicht gemein machen, sondern sein Privileg auskosten. Mag sein, dass der Pfarrer mehr über die Verfehlungen und Gewissensbisse der Dörfler weiß, aber niemand außer ihm, dem *Postler*, geht jeden Tag in jedes Haus, um hineinzuschauen und alles zu sehen. Vielleicht beichten sie dem Pfarrer, was sie quält, er aber sieht, wo sie stehen. Wie sie leben. Was sie vermocht haben, wohin sie's gebracht haben. Den Blick durch die Küche schweifen lassen, der Dreck in der Abwasch und die alten Töpfe am Herd, der Kleiderhaufen auf der Bank und die ausgelatschten Schuhe vor der Tür, alles erzählt vom Scheitern. Die unerfüllten Hoffnungen jüngerer Jahre und die Entwürfe einer größeren Zukunft, alles bleibt hier liegen und verschwindet langsam unter dem Sediment der Jahre. Und am Ende muss man sagen: Es hat sich nichts geändert. Es ist dasselbe Haus, derselbe Stall, derselbe Garten wie schon bei den Altvorderen, Vorausgegangenen. Die Nachkommenden werden es einsehen. Aber nicht zugeben. Und nicht darüber reden.

Fleischwunden

Die Samstage halten immer ein Versprechen geborgen, das umso größer wird, je später der Nachmittag ist, auf etwas Schönes, Außergewöhnliches, das vielleicht tags darauf, sonntags, eintreten wird. Aber am Samstag, da strahlt die Vorfreude. Das zeigt sich zunächst auf der Gasse, wo alle Dörfler das vor ihrem Haus liegende Straßenstück kehren. Womöglich ist es Ausdruck ihrer Freude über den Asphaltbelag, der ja noch recht frisch ist genauso wie die Erinnerung an staubige Erdstraßen. Wenn es auch eigentlich hinfällig ist, weil die Sauberkeit sich auf der Straße nicht lang behaupten lässt, tut man's dennoch, wie man samstags, nach der Kehrung, auch ein Bad nimmt: So sind Körper wie Straße vom Schmutz des Alltags einer langen Arbeitswoche gereinigt und bereit, dem Sonntag frisch entgegenzutreten.

Die samstägliche Gassenkehrung fällt in den Zuständigkeitsbereich der Frauen, ist Weibersache, wie die Mannsbilder sagen. Allerdings erledigen es nur die kinderlosen, enkelkinderlosen eigenhändig, alle anderen, und das sind die meisten, lassen kehren, von den Kindern, dazu sind sie nütze, und dazu werden sie benützt.

Die *enthusiastischen Cousins* haben dafür eine dreimal-fünf-Staffel-Strategie ausgetüftelt: Das zu kehrende Straßenstück, exakt begrenzt durch eine gedachte Mittellinie der Fahrbahn und die verlängerten Grundstücksgrenzen zu den Nachbarn, wird zunächst in drei Bahnen geteilt, die werden dann von uns dreien synchron gekehrt, nach einem Fünftel der Länge wird in jeder Bahn ein Staub-Schotter-Häufchen gebildet und sodann mit der nächsten Etappe begonnen. Die Strecke vor dem Haus der Großeltern kann so in weniger als 15 Minuten geschafft werden. Dann nimmt einer den Kübel, der zweite die Schaufel, der Dritte kehrt die Häufchen drauf, rein in den Kübel gekippt, weiter, nächstes, 15 Mal und fertig. Rein durchs offene Tor, Kübel weg, Besen weg, Schaufel weg. Tor zu.

„Könnt ihr Rad fahren?“

„Mit deinem Radl schon.“

„Weil wir haben ja keines.“

Ein prachtvoller blauer *Heireiser, das* ist meines, mit einer langgestreckten Sitzbank und Rückenlehne, hoch aufragenden Lenkstangen und einem echten Schalthebel an der Mittelstange, hinter einem kleinen Fenster kann man den gewählten Gang ablesen, 1-2-3 oder N – das Fahrgerät meiner Träume. Jetzt muss ich die Begehrlichkeiten meines verrotzten Cousins abwehren.

„Aber sicher nicht zu dritt. Mit dem Idioten fahr' ich nicht“, und schon rennt Arla davon.

„Bruder, komme zu mir und schmecke meine Faust“, grinst Herla, aber nur halb, wie immer. Ich deute es als eine Marotte, irgendeinen Spleen, immer nur den linken Mundwinkel zum Lächeln hochzuziehen, aber wer weiß, womöglich kann er gar nicht anders, nicht, weil er eine Mundwinkelbehinderung hätte, vielleicht ist ihm das Lächeln irgendwo auf halber Strecke stecken geblieben, eingeklemmt zwischen den Schlägen seines Vaters, meines *grausamen Onkels*, und der armseligen Hilflosigkeit seiner Mutter, meiner *hilflosen Tante*.

„Ich hätte da eine Idee“, das wird die *enthusiastischen Cousins* auf andere Gedanken bringen, sie gehen ja immer auf beim Anzug neuer Ideen, die Freude durch Unsinn versprechen: Fahrraddiebstahl. Im Dorf einerseits einfach, weil hier niemand je irgendetwas abschließt, andererseits auch wieder nicht, weil hier nie jemand was aus den Augen lässt, auch nicht das Radl, selbst wenn es vorm Selbstbedienungsladen parkt.
„Mit dem *Postler*, wenn der Traritrara ins Haus hineingeht, da hätten wir Gelegenheit.“
„Aber da ist doch ein Schild dran, da steht groß: Post! drauf.“
„–“
„Beim Friedhof könnt's gehen. Wenn die Weiberln Blumerln gießen. Und die Kerzerln austauschen.“

Die Fahrräder lehnen an der Friedhofsmauer, nicht einsehbar von den Gräbern aus, wir müssen nur warten, bis die Luft rein ist, keine rauskommt, keine reingeht in den Gottesacker, seltsames Wort auch: *ackern* bedeutet bei den Einheimischen *pflügen,* und diese Wirtschaft hätte niemand sehen wollen, wenn Gott das alles umpflügte.

Arla wählt ein oranges Minirad mit Klappmechanismus am Rahmen, Herla ein riesiges schwarzes Waffenrad, ein Relikt aus Zeiten, als es noch ein Qualitätsmerkmal gewesen sein musste, dass Fahrräder besonders schwer und in einer Waffenfabrik gebaut worden waren.

Der Diebstahl ist gelungen, keine Verfolger, die wir abschütteln müssen, dennoch fahren wir, so schnell wir können, das steil abschüssige Gässchen vom Friedhof am Pfarrhof vorbei, mehr Trutzburg als Hof oder Haus, da wohnt *Hochwürden* drin, aber nie sieht man ein Licht brennen oder Rauch aus dem Schornstein kommen, wie vertreibt er sich die Stunden zwischen den Andachten, Messen und Begräbnissen? Wie viel muss man essen, um eine Köchin den ganzen Tag zu beschäftigen?

Die Linkskurve zur Hauptstraße hin am Ende des Gässchens wird dann ziemlich eng, das schwarze Riesenwaffenrad ist widerspenstig und will nicht so, wie Herla sich das wünscht, weshalb Arla und sein orangefarbenes Klapprad von ihm gefährlich nah an die Hausmauer gedrängt werden, was an sich noch nicht zum Sturz führen würde, wären die Gitterstreben der Kanalabdeckung nicht so weit voneinander entfernt, dass ein Fahrrad-Vorderrad gleich bis zur Achse dazwischen hinein –

„Nur kleinere Fleischwunden, kein Grund zu weinen“, grinst Herla und wendet sich mir zu: „Wollen wir tauschen. Darfst du mit dem großen fahren.“

Pepsch

Während anderswo in der Welt Pflastersteine gegen die Institutionen fliegen und in großen Gruppen für Freiheit und Befreiung kopuliert wird, weht durch diesen Ort noch der Geist von gestern, was sich unter anderem an der Haartracht zeigt. Frankenhayn selbst hat keinen Friseur, und wer sein Haupt nicht eigenhändig mit einem Schergerät bloßlegen will, weil er wie Vater einige Strähnen aus dem dünnen Haarkranz zu beachtlicher Länge kultiviert hat, die, ganz vorsichtig mittels Kamm über die glänzende Kalotte gelegt werden, der muss nach Hirnberg fahren. Das ist nicht so weit entfernt wie Blaa, hat aber auch einiges zu bieten, was es in Frankenhayn nicht gibt: einen Gendarmerieposten, einen Schuhladen und eben ein Frisiergeschäft. Niemand und schon gar nicht dessen Inhaber und einziger Mitarbeiter, Herr Sascha, wäre auf die Idee gekommen, das Geschäft als Salon zu bezeichnen. Hier werden ehrlich Haare geschnitten und sonst nichts. Und nur den Herren.

In einer gewissen Überschätzung der Möglichkeiten hat Herr Sascha damals vor, ja, auch schon bald wieder 32 Jahren, gleich vier Sessel mit hydraulischem Pumphebemechanismus angeschafft. Alles glaubte er im Voraus zu sehen, vor seinem inneren Auge, wie er im weißen Kittel mit pomadisiertem Haar von seinem leicht erhöhten Chefplatz aus auf seine Angestellten, Friseure und Barbiere, herabblicken würde, eintretende Kundschaft höflichst begrüßend, ihr mit Kaffee und Zeitungen die kurze Wartezeit vertreibend, das beliebteste Friseurgeschäft weit und breit würde er führen – und so nicht nur zu großem Wohlstand gelangen, sondern auch zu einem der angesehensten Bürger Hirnbergs aufsteigen.

Dann kam alles doch ganz anders. Die allgemeine Begeisterung hat zwar zunächst gewissermaßen auch sein Friseurgeschäft mitgerissen und in Höhen gehoben, wo anderen schwindlig geworden wäre vor lauter Erhabenheit. Aber nicht Herrn Sascha, der hat die Fahnen stets hochgehalten. Und mit ruhigem, festem Schritt ging er auch noch, als es ganz allgemein nicht mehr so gut ging, als die Feiglinge frech wurden, nach dem Zusammenbruch, und die Russen hier das Sagen hatten. Aber sein Geschäft, das mussten sie ihm schon wieder zurückgeben, Ehre und Ansehen galten zwar in diesen neuen Zeiten nichts mehr, aber bitte, ja, er war schon hier, als von alledem noch nicht einmal die Rede war. Schlussendlich ist alles halt nicht ganz so groß geworden, wie es sich damals angefühlt hat.

„Aber die Haare“, sagt Herr Sascha gerne, „die Haare wachsen weiter und wollen geschnitten sein. Bitte treten Sie ein!“ Hingesetzt, hochgepumpt, Umhang übergeworfen, und schon mäht der leise summende Scherer eine erste Schneise in die Auswüchse des Bubenkopfes. Und gleich die nächste, das geht zügig vonstatten, Herr Sascha beherrscht sein Metier. Dann fein säuberlich ausrasiert, im Nacken hoch hinauf und an den Seiten einen breiten Abstand zu den Ohren. Oben darf es ruhig etwas länger sein, dann legt sich der Scheitel akkurat. Mit einer fast tänzelnden Leichtigkeit fertigt er einen Kindskopf nach dem anderen ab, während er Vater von damals erzählt, obwohl der alle An- und Einsichten des Herrn Sascha schon kennt, weil er ja jeden ersten Freitag im Monat hierherkommt, die gut halbstündige Fahrt mit dem Traktor auf sich nimmt, weil es halt so ist, man macht das halt, wann hat er eigentlich damit begonnen, er kann sich jetzt gar nicht mehr erinnern.

„Zu Diensten, bitte höflichst." Nun schreitet Herr Sascha zum Höhepunkt und drapiert den Umhang über Vaters Schultern. Die wenigen, aber beeindruckend langen Strähnen, von Herrn Sascha freundlicherweise als Deckhaar bezeichnet, werden mit äußerstem Feingefühl behandelt, eigentlich nur mit dem Kamm gelegt und in einem Hauch von Pomade quer über den Schädel festgeklebt. Aber auf keinen Fall geschnitten. Die Schere selbst kommt nur dem zirkumferenten Haarkranz nahe, der aber aus so dünnen Härchen besteht, dass es klingt, als würde sie ins Leere schneiden. Das fordert Herrn Saschas volle Konzentration, jetzt schweigt er. Für einen Moment.

Sascha, so glauben viele, käme von seinem Taufnamen, aber, nein, er heißt nicht Alexander, Sascha ist der Name seiner Familie, von den Vätern ererbt und auf Josef getauft, aber das ist wirklich kein schöner Name. Sein Lebtag hat ihn niemand so gerufen, nicht einmal seine selige Frau Mutter. Pepsch, so mag Herr Sascha gerne genannt werden. Wenn er ins Wirtshaus kommt und es ihm entgegenruft: „Pepsch!", das hat Schwung und klingt nach Jugend, erinnert ihn an die besseren Zeiten, bevor vom Krieg alles ruiniert wurde, vor allem die Gesinnung. Dieser starke Wille zum Aufbruch, der allen gemeinsame Wunsch, eine neue Welt aufzubauen und einfach alles besser und schöner zu machen, ja, das ist verloren gegangen. Es gibt heutzutage ja niemanden mehr, der bereit ist, sich in eine Ordnung, eine umfassende, einzufügen, um im Ganzen Großes zu bewirken, heute muss jeder für sich und jeder gegen jeden. Und so will man was aufbauen. Nein, das ist nichts und das wird auch nichts werden.

Friseur Saschas dahinplätschernde Rede ist die Basslinie zum hellen Schniff-schniff der Schere, und schließlich kommen beide zur Ruhe. Das Werkzeug in das Brusttäschchen seines Kittels gesteckt, der kleine Spiegel zur Hand, um Vater auch die Hinteransicht seines verzweifelt ums Durchhalten kämpfenden Haupthaars zu gewähren. Der sagt nichts, lächelt still, wie schon die ganze Zeit über, hat er überhaupt zugehört? Nur als der Friseur mit dem Flakon ankommt, an dessen Schlauch eine große schwarze Gummikugel und eine kleine Fransenquaste hängen, da hebt Vater die Hand, wehrt ab, was Herr Sascha kostenfrei als Draufgabe anträgt: „Was sind wir schuldig?"

Unsere Köpfe sind in Form gebracht, jedenfalls äußerlich, und darauf kommt's an, bei dem Rest von Ordnung, der noch geblieben ist, und das muss belohnt werden.

„G'schnäuzt und kampelt!", belobigt Vater, „jetzt gehen wir ins Wirtshaus."

Ein Glaserl zur Erfrischung für ihn, Tschopperlwasser für die Enkel: Jeder eine kleine Flasche mit giftgelber und vor lauter Kohlensäure nur so sprudelnder –

Orangenlimonade, sagt der Aufdruck, aber es ist zu schmecken, dass diese Flüssigkeit mit einer Zitrusfrucht noch niemals in Berührung gekommen ist. Ein rein synthetisch hergestelltes Getränk, in dem nicht einmal der Zucker natürlich ist, auch noch *Frucade* zu nennen, das ist Ausdruck einer Geisteshaltung, die man in unserem Dorf genauso wenig kennt wie in Blaa oder Hirnberg: Ironie.

Wir fahren zurück, wie wir gekommen sind: mit dem Traktor. Unserem Steyr, Baujahr '59, angetrieben von zwei Zylindern, die uns zurück ins Dorf treiben, mit einem Hämmern, das im Bauchraum resoniert. Wenn man die Kiefer aufeinanderlegt, sodass die Zähne sich gerade berühren, die Kaumuskulatur aber nur ganz leicht anspannt, kann man das Gebiss im Rhythmus der Zylinder klappern lassen. Am allerbesten gelingt das auf den Sitzplätzen rechts und links des lenkenden Vaters, auf den Schutzblechen oberhalb der großen Antriebsräder, wo die beiden *enthusiastischen Cousins* den faden Heimweg lang vor sich hinklappern, während ich, der Dritte des frisch frisierten Enkelsohntrios, alleine auf der Bank am Anhänger sitze, dessen Ladefläche völlig leer ist, nur für den Gast aus der Stadt drangehängt und mitgeschleppt – der Gummiwagen, wie Vater ihn nennt, Zeichen des Fortschritts vom eisenbeschlagenen Wagenrad des Pferdefuhrwerks seiner Jugend zum qualmenden, unaufhaltsam sich vorwärtskämpfenden Steyr unserer Tage. So fahren wir zurück ins Dorf, heim in die Verbannung, während uns die Zukunft links überholt: knallorange Kadetten, giftgrüne Escorts und himmelblaue Rekorde. Selbst Zweiräder mit einer roten

Kennzeichentafel ziehen an unserem Gespann vorbei, wenn auch mit deutlich weniger Elan als die Vierrädrigen.

„Auf der Stangl-Puch schaut ein jeder aus wie ein Affe am Schleifstein“, stellt Herla halbseitig lächelnd fest, ohne zu verstehen, worauf sich die Redensart eigentlich bezieht, aber immerhin, er weiß, was er damit sagen will: Dieses Fahrzeug, an sich skurril, sieht aus wie ein Fahrrad mit zu kleinen Rädern, hat auch tatsächlich Pedale, die aber nur zum Antreten genutzt werden, sonst stehen die Füße ruhig drauf und lassen sich, wie der Rest des Fahrerkörpers, von einem kleinen hektischen Motor, der wie ein krankhaft geschwollener Bauch unten vom Rahmen hängt, vorantreiben. Noch schlimmer ist die österreichische Version der italienischen Idee des Motorrollers, die aussieht, als wäre sie von Kinderhand gezeichnet worden. Während die Italiener ihre Schöpfungen „Wespe“ oder „Biene“, jedenfalls immer beseelt poetisch benannten, beschlossen die Österreicher, ihr Gefährt unter der bezeichnenden Abkürzung DS 50 in die Welt zu schicken: *D*oppelsitzer auf *S*chalenrahmen mit 50ccm Motor. Vorzugsweise in einem toten Beige, das an körperliche Übelkeit erinnert. *Zu zweit vergnügt auf schnellen Rädern* verspricht die zugehörige Reklame, aber wo bitte hätte sich eine Zweite gefunden, die freiwillig auf so etwas hätte mitfahren wollen? Das lag, so viel muss man zugeben, nicht nur am Gefährt, wohl auch an den Lenkern.

Das aufgeregte Schreien des heiseren, stets überanstrengten Motors ist schon von weitem zu hören, von gelegentlichen Aussetzern unterbrochen, den Wiedereintritt ins Verbrennungsleben mit einem Knall bestätigt, eine Fahne blaugrauen Rauchs hinter sich herziehend, dann kommt an einer Kreuzung, dort allerdings mitten auf der Straße, zu stehen: der *Ausrufer*. Dessen weltlicher Name ist längst hinter seiner Funktion verloschen, so wie *Hochwürden* ja auch einen Namen hat, doch niemand auf die Idee gekommen wäre, ihn mit diesem anzusprechen, der *Ausrufer* also greift nach hinten und holt an einem breiten Riemen, der über seiner Schulter hängt, eine Trommel hervor, mit silberglänzender Seitenwand, ein richtiges Musikinstrument, wie es auch in der Blasmusikkapelle gespielt wird. Zieht aus dem Schulterriemen die dort steckenden Schlägel und stimmt einen großen Wirbel an, der die leer vor sich hin scheppernde DS 50 klar übertönt. Vereinzelt gehen Fenster einen Spalt weit auf, gleich hinter dem *Ausrufer* öffnet sich ein Tor ein Stück, und jemandes Kopf schaut heraus. Und als er sich gewiss zu sein glaubt, dass alle, die hören wollen, nun einen guten Platz zum Hören gefunden haben, da lässt er die Schlägel sinken, legt die Hände wie zur Beruhigung der Trommel aufs Fell, holt tief Luft, und schreit dann: „*Eeeees wird bekaaaaaant gemaaaaacht*“ mit dünner Stimme, die nicht recht zu sitzen scheint und überhaupt viel zu hoch klingt für den massigen Resonanzkasten seines Leibes.

„*Eeeees wird bekaaaaaant gemaaaaacht*“, und dann folgt die Aufzählung von Terminen sinnloser verwaltungsbedingter Unternehmungen, Begehungen, Begutachtungen, einer Abgabenverrechnung zur Instandhaltung des gemeinschaftlichen Gefrierhauses, und zu guter Letzt, dramaturgisch besser gesetzt, als die Stimme erwarten lässt, die große Überraschung: Am nächsten Dienstag schon würden die Bauarbeiten beginnen, um endlich auch die letzten noch nicht asphaltierten Gassen des Ortes mit einem Band von Bitumen zu belegen. Die Hauptstraße hatte es längst, aber die von ihr rechts und links abzweigenden Gässchen sind entweder erden oder mit weißem Kalksteinschotter belegt, schwierig für Radfahrer, böse zu den Kinderknien.

Wellen

Christian Doppler sitzt am Ufer des Mattsees, blickt übers Wasser. Kein Lüftchen, der See glatt wie Öl. Im Dorf am anderen Ufer schlägt die Turmuhr, dreimal ein heiseres Ging. Viertel vor, wie hier alle sagen, aber er, Doppler, nicht, er ist Mathematiker, Physiker. Wenn schon, neun Zwölftel oder seinetwegen 75 Hundertstel. Doppler sieht Zahlen, wo andere Gefühle entwickeln, und das genießt er, so kommt Ordnung in die Welt.

Draußen am See gerät ein Fischerboot mit zwei Menschen drin ganz leicht in Bewegung, weil eine der beiden Gestalten aufsteht und ans andere Ende des Bootes geht – ah, denkt Doppler, das muss die Fischerin sein, wie sie jetzt die Röcke hochhebt und sich rittlings auf den Fischer setzt. Ihr gleichmäßiges Auf und Ab bringt das Boot in Schwingung, kleine kreisrunde Wellen schickt es über den See, konzentrisch laufen sie übers Wasser, während Doppler gedanklich noch bei dem Fischerpaar ist, vor seinem inneren Auge es als Kräfteparallelogramm sieht. Aber er gibt sich nicht der Versuchung hin, die dort entstehende Reibungswärme asymptotisch einzuschätzen, nein, denn was ihn ablenkt, sind die Wellen, die jetzt das Ufer erreichen und ihre Ankunft je mit einem leisen Platsch bestätigen. Was aber, wenn das Boot sich vorwärts bewegte, überlegt Doppler, von unsichtbarer Hand über den See gezogen, die Fischerin jedoch, in Übereinstimmung mit ihrem inneren Chronometer, den Takt beibehielte und sich unbeirrt weiter auf- und abarbeitete an ihrem Fischer – Doppler sieht die Formel zur Berechnung schon vor sich, schreibt sie über den See, gedanklich, schwierig ist das ja nicht: die Frequenz der Wellen des Bootes durch Eins, minus die Geschwindigkeit des Bootes geteilt durch die Geschwindigkeit der Wellen. Das Faszinierende daran ist vielmehr: dass vorne ja nicht dasselbe wie hinten passiert, und dabei denkt er gar nicht an das Fischerpaar, sondern bloß an die Wellen, die in Fahrtrichtung des Bootes wie gequetscht dichter sein müssten, während jene, die sich vom Heck gegen die Fahrtrichtung abstoßen, durch das sich entfernende Boot gedehnt werden müssten.

„Jaaa!“, schreit da die Fischerin, „ja.“

Doppler steht auf, winkt hinüber zum Boot und ruft: „Danke, ja. Es ist mir auch eben erst gekommen.“

Er sieht nicht mehr, wie das Fischerpaar ratlos zum Ufer blickt, denn er hat sich bereits auf den Weg zurück an das Schreibpult gemacht. Das ist es, freut er sich, worauf er sein ganzes Leben lang hingearbeitet hat: etwas Großes zu erkennen. Er wusste nämlich schon sehr früh, dass seine Bestimmung im Außergewöhnlichen liegt, nur wodurch und womit es beweisen, das wollte sich lange nicht zeigen. Jetzt die Formel aufschreiben, und dann nachdenken über den Beweis. Der muss sein wie er: Groß. Beeindruckend. Unübersehbar. Unvergänglich. Und da kommen Doppler die Sterne in den Sinn, seine Sterne: die Doppel-Sterne, von denen jetzt jeden Monat neue entdeckt werden. Früher, da war's noch einer im Jahr, höchstens, aber aufgrund der immer billiger werdenden Produktion von optischen Linsen kann sich heute schon jeder Schulmeister ein Teleskop leisten und sich Astronom nennen und im Feierabend Sterne gucken und dabei Doppelsonnen entdecken. Bald wird es so viele geben, dass die Schulmeister gar nicht mehr ausreichen werden als Namensgeber. Aber darüber will er sich jetzt gar nicht aufregen, über dieses Klein-Klein, jetzt nicht und eigentlich nie mehr: Weil er, Christian Doppler, ins Große aufbricht. Das, was alle sehen, aber keiner begründen kann, wird er jetzt erklären: das Doppler-Prinzip als Ursache für die Farbdifferenz von Doppelsternen. Das ist so naheliegend, eine so simple Erklärung, dass man sie leicht übersehen kann. Wie die Wellen vom Boot nach vorne in Fahrtrichtung, quasi angeschoben vom Chronometer der Fischerin, eine andere, dichtere Frequenz haben als die hinten am Heck gegen Fahrtrichtung erzeugten, so ist das natürlich auch mit dem Licht, selbst wenn es von weit herkommt. Des Rätsels Lösung lautet: Die Doppelsonnen kreisen umeinander, im Paartanz ein jedes Duo, alle unterschiedlich, aber etwas eint sie alle: Der Stern, der sich vom Betrachter entfernt, wird immer längere Lichtwellen senden als jener, der sich auf ihn zubewegt, ersterer so immer eher rötlich, zweiterer eher bläulich scheinen.

So einfach kann das sein. Die Wissenschaft, das Weltall und wie alles zusammenhängt. Scheint es. Doch leider: Stimmt es nicht. Die Wochen und Monate, nachdem er das Papier, seine These samt Beweisen an die eminentesten Physiker an europäischen Universitäten versandt hat, sind die demütigendsten, die Doppler seit seiner Zeit in der Grundschule erlebt hat – nein, schlimmer noch, damals war es bloß physische

Gewalt, die konnte er aushalten, und gleichzeitig hat sie sein Denken stärker gemacht. Er ist den Schlägen seiner Kommilitonen innerlich ausgewichen, hat sich weiter in sich selbst zurückgezogen, dorthin, wo es still ist und keiner mehr wehtun kann. Und dann hat er nachgedacht. Und gelesen. Heute aber ist an Lesen nicht zu denken, die halbe Welt scheint sich gegen ihn verschworen zu haben, seine Beweise zerpflücken die sogenannten Kollegen mit einer Freude, als wären sie Schweine im Gemüsegarten: Alles zerstören und sein Prinzip, das nennen sie jetzt spöttisch Effekt. *„Doppler ersinnt Doppel-Sonnen-Effekt". Das tut weh. Gut, mag sein, nicht alle Prämissen waren gründlich und bis zu Ende gedacht. Aber ob so ein Sonnenpärchen jetzt drei Zehnerpotenzen schneller oder langsamer durchs Nichts taumelt, schien ihm nicht so einen wesentlichen Unterschied zu machen, na ja, anderen schon. Doch das Prinzip ist zweifelsohne richtig, da ist er sich so sicher wie auch seiner Bedeutsamkeit für diese Welt.*

Schon damals am Schulhof – trotz aller Schläge und Tritte, die Hände und Arme über Kopf und Ohren, dass da nichts kaputtgeht, diese Apparate braucht er noch – hat er gewusst: Er wird groß. Die Menschheit wird an ihm eine Hilfe finden, die sie sonst nicht bekommen kann. Und das spürt er auch jetzt. Selbst wenn es gerade so aussieht, als wäre alle Welt gegen ihn. Raus will er, aber denken kann er nicht, er setzt sich in die Ecke wie damals als Pennäler und legt die Arme über den Kopf, bedeckt Augen und Ohren, doch so wie heute niemand da ist, der ihn schlägt, so findet er auch kein Entkommen in die inneren Welten seines Seins, keinen

Rückzugsort, wo sich's ruhig denken lässt. Was irgendeiner in Prag oder Paris gegen ihn schreibt, das brüllt ihn an, innen in seinem Kopf, er sieht die Fratzen, die Wut, sie wollen ihn vernichten, nicht bloß aus der Welt haben, sondern vorher noch zerstören, in kleine Fetzen reißen, die dann der Wind durch die Gossen treibt.

Christian Doppler denkt, wieder einmal, an Suizid. Ins Wasser gehen, untertauchen, einatmen, sich auflösen. Aber es ist Herbst, der See ist kalt, das wird nicht angenehm, nein, er ist fürs Leben geboren, ein Erfolgsmensch, der der Welt etwas zu bieten hat, er kann noch nicht gehen, jedenfalls nicht ins Wasser, nicht heute, er geht jetzt besser – schlafen.

85 Meilen nordwestlich des Mattsees sitzt zur selben Zeit ein Mann in Hausrock, Puschen, Mütze, auch da ist es schon frisch um diese Jahres- und Uhrzeit, und ekelt sich: „Was machen die da unten mit dem Käse bloß?" Seit Stunden stinkt es nach gerösteten Zwiebeln zuerst, dann nach geschmolzenem Käse, durch alle Ritzen kommt es in seine Wohnung gekrochen, widerlich. Dabei hat er sich so auf den Abend gefreut, endlich alle aus dem Haus, Kinder und Frau voller Freude am Meer, und er mit noch mehr Freuden ganz alleine hier, jetzt alles lesen, was er in den letzten Tagen, ja, Wochen gesammelt hat zu dieser wirklich heiteren Geschichte: Ein Österreicher will die Weltsicht revolutionieren, mit Sternen, Farben und Frequenzen. Das wird, so viel ist klar, ein heiterer Abend, schöne Lektüre, blöde Argumente, glatte Sottisen und eine Flasche Brand dazu. Doch jetzt der Käsegestank. Ein Mann von Bildung, so sagt er sich, ist dadurch nicht zu erschüttern. Inter faeces et urinam nascimur – aber bitte, ermahnt er sich, so weit muss man dann auch wieder nicht gehen, einfach lesen, denken, sein.

„Tröt-trat-trööööt" macht es aus dem Untergeschoss, jetzt auch noch Blasmusik. Und mehr Gestank. Weiter liest er. Dopplers Prinzip, das ist: einfach, klar und deshalb schön. Wellen in Frequenzen berechnet, Verschiebung des Senders, konsequenterweise – „Tröööööt, trött", kommt's von unten. Er reißt sich die Mütze vom Kopf, schreit, mehr zu sich selber: „Ich heiße Christoph Heinrich Dietrich Buijs Ballot und habe auch meine Rechte! Auf Ungestörtheit von Schwachsinn, das ist das Mindeste!" Er greift sich den Schürhaken und rennt die Treppe nach unten, hämmert gegen die Tür, jetzt wird die Verhältnisse neu ordnen, was er sonst mit Zirkel und Lineal bewirkt.

Der Nachbar, gar nicht überrascht, ihn zu sehen, schließt ihn in seine – nackten – Arme. Seine Gäste präsentieren sich gleichermaßen barbrüstig. Der Käsegestank wird kurz durchstochen vom Achselgeruch des Umarmers, Buijs Ballot fällt's nicht leicht, aus der hochalkoholischen Umklammerung freizukommen, der Nachbar schiebt ihn weiter, nur herein in die gute Stube! Bedrohlich schlängelt sich sein üppiges Achselhaar über Buijs Ballots Schulter, und nur mehr der Hausrock schützt die akademische Haut vor toxischer Tangierung, unentschlossen baumelt der Schürhaken von seiner Hand.

„Spielen Sie ein Instrument, Herr Professor? Wir wollen alle gemeinsam musizieren, blasmusizieren, es

fehlt uns noch die 2. Tuba, Sie wissen doch alles, da können Sie sicher auch die Tuba dominieren?"

Buijs Ballot spürt seine Sinne schwinden, „Ohnmacht, ich fall' zu dir!" Er sieht noch alles, und leider, ja, riecht auch alles, doch seltsam gedehnt klingen die Stimmen, und alle Bewegungen sind in die Länge gezogen, selbst das Pendel dieser kolossalen Standuhr schwingt verlangsamt, scheint ihm, und während der nachbarliche Arm fester um seinen Hals sich legt – „Uhrkasten / Schwitzkasten" fällt ihm ein – und eine Trompete und eine Posaune in tief schleppenden Tönen gegen die Schwere anspielen und er sich zum Einschlafen müde fühlt, da zuckt weiter hinten im Rest seines Denkens ein Funke, und nochmal, da zündet's, und mit Schwung wirft der Gedanke sein Bewusstsein wieder an, hoch reißt er den Schürhaken, entwindet sich der verschwitzten Umarmung und ruft, schreit eigentlich in die hochprozentige halbnackte Herrenrunde: „Freunde der Blasmusik! Lasst uns gemeinsam tröten und ein Concerto von Weltbedeutung musizieren!"

Wie einen Tambourstab hält er den Schürhaken, und im Stakkato seines Taktes entzieht er sich aller sinnlich sinnlosen Widersinnigkeiten nachbarlicher Unterwelt und findet zurück in seine akademische Autorität: „Was es braucht: 2 Gruppen zu 12 Bläsern. Und eine Eisenbahn."

Der Morgen danach ist schwer, schwierig auszubalancieren, die einen wollen sich übergeben, die anderen verlangen nach Schnaps, aber alle bleiben ihrer Verabredung treu: Ein jeder mit seiner Tröte, wie Buijs Bal-

lot sagt – „Blasinstrument!", korrigiert der Nachbar – in der Hand, finden sie am Bahnhof zusammen und frühstücken. Hering und Bier, das hilft. Die dampfende Bereitschaft der Lok draußen ist schon zu hören, ein Seufzen, dann zischendes Hochziehen, der Geruch von verbrannter Kohle weht durch das Bahnhofswirtshaus.

„Eine viertel Meile braucht die Dampfmaschine, um Höchstgeschwindigkeit zu erreichen", sagt der Maschinist, „das sind, mit Vorheizen, 20 kg Kohle mindestens. Zuzüglich der Rückfahrt. Und der zweite Mann zum Schaufeln." Buijs Ballot überschlägt das, verdoppelt die Summe und zahlt mit einem Lächeln: „Wenn es gelingt, und warum sollte es nicht gelingen, dann schreiben wir Geschichte. Heute Generalprobe, danach ein paar Einladungen an akademische Zeugen verschickt, sollen wir Doppler selbst auch davon in Kenntnis setzen? Und ihn zur Reise überreden? Oder doch besser die Überraschung wie eine Granate einschlagen lassen? Der wird sich aber freuen, der Österreicher, dass ich sein theoretisches Prinzip in praktischen Effekt umgesetzt und somit: bewiesen habe. Wie er mir das danken wird? Freundschaft und Anerkennung wären mir schon genug. Und ein Eintrag ins Buch der wissenschaftlichen Weltgeschichte: ‚Christian Doppler dankt seinem Kollegen Buijs Ballot für die elegante Beweisführung zum Doppler-Effekt, das ohne die Originalität im Denken von Buijs Ballot nicht zu jener Bedeutung gefunden hätte.'"

Zwei Gruppen von Bläsern spielen ein „g", die eine Gruppe am Bahnsteig, die andere auf einem offenen Eisenbahn-Waggon, der sich mit einer Geschwindig-

keit von 10 Meilen pro Stunde dem Bahnhof nähert, und, während die beiden Bläsergruppen weiterhin ein „g" tröten, mit unverminderter Geschwindigkeit den Bahnhof durchfährt und sich entfernt. Da haben's alle gehört: Der Ton ist nicht derselbe. Vom näherkommenden Zug klingt's höher, der Moment, wo beide Gruppen auf selber Höhe denselben Ton spielen, ist so kurz, dass es kaum zu merken ist, allerdings klingt es von der sich entfernenden Gruppe unüberhörbar tiefer. Wellen und Frequenzverschiebung, so einfach ist das zu erklären.

Christian Doppler kommt nicht zur musikalischen Premiere, er kann sich beim besten Willen nicht vorstellen, was ein dahergelaufener Kaaskop seiner schönen Formel hinzuzufügen hätte. Dass diese Eisenbahnfahrt in ihrer gedanklichen Einfalt so eine Furore macht, zeugt von der Schlichtheit der akademischen Welt, sagt sich Doppler. Aber wenn's hilft, dann lässt man's geschehen. Und so werden Christian Doppler und der nach ihm benannte Effekt dank Buijs Ballots Gabe, aus einem durch Gestank zerstörten Gedanken sich wie ein Phönix der Wissenschaften zu neuen Höhen zu erheben, weltberühmt und wie von Doppler selbst erwartet: unsterblich. An Herrn Christoph Heinrich Dietrich Buijs Ballot aber denkt schon lange niemand mehr.

„Am Samstag werden wir. Dann. Wenn sie können."
„Die werden schon können. Weil's müssen."
„Alle müssen ja nicht. Die g'schickten, das wär' gut. Und die tüchtigen."

Und so geht's an. Die beiden *enthusiastischen Cousins* und ich radeln durchs Dorf und verständigen die übrigen Cousins und Cousinen vom Bevorstehenden: Am Samstag wird abgefüllt. Bei Vater. Im Keller. Das ist keine Einladung, nicht einmal eine Bitte, es ist die Zustellung eines Auftrags, zwecks Einlösung einer Verpflichtung. Kind dieser Familie zu sein, heißt auch Dienst am Wein. Und da können Kinderhände sehr gut mithelfen, vor allem im Keller. Der Wein in die Flaschen, vom Fass in die Doppler. Die sind schon gewaschen und gespült. „Geschwemmt", wie unsere *kindische Tante* sagt, das ist ihr Beitrag an der Arbeit, und sie kann das gut, das Schwemmen, wenn niemand sie stört. Und auch sie stört niemanden, hingestellt am frühen Morgen an den riesigen Holzbottich, in dem die Flaschen schon reihum liegen, eine Schicht über der anderen, mit kaltem Wasser befüllt, bis Flaschen und Bottich randvoll sind, das Wasser überläuft, hier und da noch ein letzter Gluckser, ein Rest von Luft, den ein Doppler hergibt. Das dauert Stunden, aber so weicht sich alles gut ein und auf, der Dreck, das Aufgeklebte, Eingefüllte, zu Entfernende. „Die Leute missbrauchen die Doppler zu allem Möglichen, manche füllen ja sogar Benzin ein, vielleicht trinken die dann auch aus Kanistern? Abbürsten. Alles, was außen an der Flasche. Muss ab von der Flasche."

Manche Etiketten lassen sich abziehen wie Haut, bleiben ganz und trocknen wieder, an die Außenwand des Bottichs geklatscht. Seltsame Grußkarten aus anderen, weit entfernten Kellern. „Flaschenpost", denkt die *kindische Tante* und lächelt. „Flaschenpost", sagt sie laut vor sich hin. Es ist ja keiner da außer ihr. Und den Flaschen. Da kann sie laut lachen und „Flaschenpost!" hinausschreien, hineinrufen in den Schlund der Kellerröhre. Plätschernd läuft das Wasser im Bottich über, kringelt um ihre Gummistiefel herum und verstrudelt sich gurgelnd im Kanal, durch das Gitter, die kleine, geordnete Versammlung von leeren Quadraten zwischen eisernen Streben, in der Mitte des Bodens im Presshaus.

„Kühl tut gut. Aber das Wasser ist kalt. Rot macht es die Hände. Manche sind widerborstig. Wollen nicht, lassen sich nicht. Abziehen. Nicht häuten. Zerfasern, reißen. Das muss, aber fest. Mit der Bürste. Reißbürste. Anreißen, abkratzen. Zum Äußersten: ein Messer. Ein kleines, mit Holzgriff, braun mit silbernen Nieten. Wie beim Stechen. Abstechen, abkratzen, Bürste wie Messer, beides hat der Herr Pettermann auch, hier hängt alles zusammen, jedenfalls Blut und Wein, insgeheim. Bei der Fronleichnamsprozession war Wein auf dem Kleid des Herrn Pfarrer, Trauben und Blätter. Glänzend. Eingewoben in goldenes Gewebe, zu Mustern verstrickt, wie in der Zeile zwischen Pflock und Stock die Reben eingeflochten sind in den Spanndraht, mit sich selber verschlungen. Zwischen den Weingärten aber: Bildstöcke. Marterl mit Kreuz. Kaum kreuzt sich der Weg, schon steht ein Marterl da. Drinnen ein Kreuz. Darauf der Gekreuzigte. Martyrium und Kreuzung, Verstrickung und Kreuzigung. Wenn der Hals ausgeschlagen ist, der Doppler also angeschlagen, sichere Verkorkung nicht zu gewährleisten, dann muss er weg. Ausgeschieden. Die Guten ins Töpfchen. Wenn das Glas klirrt, splittert die Flasche." In hohem Bogen dreht sich der Doppler um sich selbst, nähert sich so dem kleineren Bottich, der abseits, neben den Treppen, die ins Freie führen, steht. „Das ist dein Kröpfchen." Und berstend landet die Flasche, die makelhafte, dort, wo sie hingehört. „Ich habe das Sagen hier und wehe, ich erkenne einen Fehler am Hals, das geht nicht gut, nicht für die Flasche. Ich werfe, der Doppler fliegt. So ist das Leben. Und morgen wird's was geben: Alle da, nur ich nicht. Dankbar werden sie mir sein, weil alle Flaschen sind schon da. Flaschenwaschen. Eigentlich müsste es bürsten, Flaschenbürsten heißen. Hier steht mein Brett und darauf aufgesteckt die Bürsten, steif. Und borstig. Da schnappe ich mir zwei Doppler aus dem Bottich, einen rechts und einen links, und drehe sie kopfüber, gluck-gluck, da sprudelt das Wasser, das kalte, heraus, und dreh' mich nach rechts, zum Brett, steck' sie drauf, jeden auf eine Bürste, und schrubbe sie: auf, ab. Inwendig ausgebürstet. Dann: drehen. Und auf, und ab. Und dann: ausspritzen."

Die Flasche auf die Düse drückt, das Wasser in den Doppler spritzt. Das spült den Rest. Es sei denn, er ist fest, der Rest. Dann hüpft er in der Flasche gefangen, vom Spritzstrahl angetrieben gegen die Wand, die Flaschenwand, die gläserne. Gegen's Licht betrachtet, ist leicht zu erkennen: Ein Korken ist, wo er nicht sein soll, drinnen, wurde nicht rausgezogen, sondern reingedrückt. Da kommt jetzt die Dreifingrige ins Spiel, das heißt: zur Hand. Drei lange drahtige Finger, deren Enden umgebogen, wie gichtige Knöchel, am anderen Ende zusammengehalten, grifflich umwickelt mit Draht, das liegt gut in der Hand, eine Rute, ein stählernes Bündel. Die Finger, die biegsamen, zusammengehalten und reingeschoben durch den Ausguss des Dopplers, bis zum Boden, schon streben sie wieder auseinander, die Finger, als könnten sie einander nicht ausstehen. „Jeder will für sich sein, aber nur gemeinsam kommt man weiter. Jetzt umgedreht die Flasche, nach oben mit dem Boden, schon steht sie Kopf, wenn sie nur einen hätte. Flaschenkopf, Wasserkopf. Hals nach unten, drin bleiben die Finger, und der, welcher dort ist, wo er nicht hingehört, der Korken im Bauch der Flasche, vom Hals aus in die falsche Richtung spaziert, der fällt jetzt, in die Arme, die drei drahtigen. Es gibt nur eine Richtung für den Korken, wenn er einmal drin ist, und die heißt: raus. Aus der Flasche. Noch wehrt er sich. Aber er wird müssen. Rausziehen. Feste. Will nicht, geht nicht. Draufgestellt die Füße auf den Griff der fingerigen Korkenrausholzange und angezogen an dem Doppler, an den Schultern, da kann man den gut halten, plopp sagt er, und raus ist der. Ausspülen, abspritzen, der nächste bitte."

Abfüllen

Wie Seifenblasen kann sie ihr Lachen aufsteigen lassen, auch wenn es gar keinen Grund zur Heiterkeit gibt. „Ich kann gar nicht anders. Sogar wenn ich innen drinnen weinen will, kommt vorne oben Lachen raus." Deshalb ist sie sehr beliebt, die *lachende Cousine,* die Lieblingsnichte aller Onkel und Tanten. Nur ihrem Vater ist sie nicht genug, der weiß nämlich, was die anderen nicht sehen können. Dass sie nicht so tüchtig ist, wie sie sein könnte. Wenn sie nur wollen würde. „Aber wer nicht mag, wie er soll", röhrt es aus ihrem Vater, meinem *grausamen Onkel,* „der muss fühlen, was er kann. Und der Schmerz kommt von ganz allein, deshalb braucht es für Schläge auch keinen Grund."

Im Presshaus vor dem Keller aber, da gibt es keinen dreschenden Vater und an Schläge keinen Gedanken. Die blauen Flecken auf dem Rücken werden auch schon besser, und wenn kein Aushauen dazwischenkommt, ist nächste Woche alles wieder gut. Sie ist die ältere Schwester der beiden *enthusiastischen Cousins* und überstrahlt diese in Anziehungskraft, die – das sehe ich, der Gast dieses Sommers, der Großstadtcousin, ganz klar – nicht so sehr von ihrem Lachen kommt, sondern von dem, was unter dem kleinkarierten Flanell ihrer Bluse im Gleichtakt ihrer Lachkaskaden hüpft: ein kleiner Grund zu großer Freude.

„Jetzt ist er eingeschlafen, der Burschi."

Das wär' was, wenn man da mal nachschauen könnte. Hingreifen.

„Gib die Flaschen her, du Träumer, wir gehen gleich über! Das kleinste Glied in der Kette. Und schon ist Sand im Getriebe."

Sie nimmt mir die beiden Doppler aus der Hand, die ich längst hätte reichen sollen. Alles riecht nach Wein, wie frisches Gras, und den feuchten Lehmboden rieche ich auch, den Schimmel an den Wänden, kann man den riechen? Oder ist es die Kellerfeuchte, die man nicht sehen kann?

Die *enthusiastischen Cousins* schleppen sich ab mit blechernen Tragerln, in jedem sechs leere, frisch gewaschene Doppler aus dem Presshaus, runter in die Kellerröhre, bei mir abgestellt, ein anderes mit sechs vollen wieder hochgeschleppt, aus der Röhre hinauf ins Presshaus, gleich wieder sechs leere aus dem Bottich genommen und ins Tragerl gestellt und zurück in den Keller.

„Der Burschi soll's aus dem Tragerl nehmen und der Abfüllerin reichen, im rechten Rhythmus, der sich ergibt aus dem Kreischen der Pumpe." Je schriller, desto schneller saugt sie den Wein aus dem Fass und treibt ihn zur Abfüllerin, und umso schneller müssen Flaschen auf die langen silbernen Zapfhähne gesteckt, nach unten gekippt werden. Und rechtzeitig wieder angehoben, wenn der richtige Stand erreicht ist, das hat die Abfüllerin im Gefühl, ihr Augenmaß ist doppellitrig, lacht sie. Und lässt hüpfen.

Schäumend schießt der Wein aus dem zuckenden Schlauch ins chromblitzende Becken oberhalb der Füller. In Zweierreihen hängt die *lachende Cousine* die Doppler ein, nimmt die nächsten beiden gerade noch rechtzeitig ab, kippt die Hähne hoch und stellt die beiden auf den Tisch rechts von ihr, steckt gleich das nächste Pärchen an den Füller, sie hat ihren Takt gefunden. Dann ist der *Kronprinz* dran. Der älteste in der Schar der Cousinen und Cousins steht am Verkorkungsgerät, fischt einen Pfropfen aus dem Wasser, in dem sie schon seit gestern quellen, die Korkstoppel, legt ihn ein ins Gerät, setzt mit der Linken die gefüllte Flasche ein, mit der Rechten drückt er den weit ausladenden Stahlarm mit Schwung nach unten: Drin ist er, der Kork, zu ist sie, die Flasche. Ab ins Tragerl und enthusiastisch hinauf ins Presshaus, zu den anderen frisch abgefüllten Dopplern.

„Die nächsten!“, lacht meine Cousine, dreht sich zu mir, beugt sich vornüber und streckt mir ihre Handflächen entgegen. Je einen leeren, frisch gespülten Doppler lege ich in jede ihrer Hände, sie steckt drauf, kippt nach unten und lässt volllaufen, die nächsten beiden sind schon bereit zum Abziehen, hoch und rüber – so geht der Vormittag dahin.

Oben im Presshaus steht ihre Schwester, leicht säuerlich, da perlt nichts. Den Bartwisch verachtet sie, den Leim, der sie anwidert, schmiert sie dennoch damit auf das Etikett, klatscht es auf die Flasche und schiebt sie dann mit dem Handrücken weg. So läuft diese kleine familiäre Fabrik, Arbeitsteilung ohne Fließband, und alles direkt in Mutters Arme, die letzte Hand in dieser Kette stapelt die befüllten, verkorkten, etikettierten Doppler an der Wand im Presshaus. 75 Flaschen pro Reihe, 20 übereinander, mindestens.

„Fuder, Ohm und Eimer, so gut wie meiner schmeckt sonst keiner.“ Je weiter der Vormittag sich dem Mittagsmahle nähert, umso mehr hebt Vaters Laune an. Er bewacht die schrille Pumpe und hat ein Auge auf seine Fließbandenkel. Ab und zu probiert er, taucht das Stifterl ohne Umstände in das Becken am Füller, trinkt schlürfend und schaut dabei auf einen fernen Punkt, den nur er sehen kann.

Mittags dann Nudelsuppe. Hernach fettes Schweinernes. Mit Erdäpfelsalat. Man isst hier immer Erdäpfel, nur die Fleischbeigaben wechseln. Blutwurst, Bratwurst, Schopfbraten, Bauchfleisch, Geselchtes. Sonntags gibt es Hendl. Gebraten. Dazu: Erdäpfelsalat. Und zuvor, als Zwischengang, gekochtes Rindfleisch. Mit Semmelkren, altes Gebäck in Suppe aufgeweicht zu schleimiger Konsistenz, verdeckt unter frisch gerissenem Kren, der in der Nase sticht und in den Augen brennt, bis die Tränen kommen. Der einzige Anlass, bei dem Tränen zugelassen sind.

Heute ist nicht Sonntag, dennoch ein Festtag, ein familiärer: Schon 700 Doppler liegen gefüllt, verkorkt und etikettiert, akkurat gestapelt im Presshaus, fast die Hälfte ist also getan. Eng ist es auf der Bank zu fünft, ich muss mich weit vornüberbeugen, um meiner lachenden Cousine Hüpfen zu sehen. Das aber ist ihrem Bruder Herla nicht recht. Er sticht mit seiner Gabel in meine linke Hand, nicht sehr tief, nur so fest, dass ich sie nicht mehr vom Tisch ziehen kann.

„Deswegen haben bei uns alle die Ellbogen am Tisch. Zum Schutz der Hand. Merk's dir."

Vier dunkelrote Tröpfchen wachsen rund um die Zinken der Gabel, die viel zu groß ist für Herlas Kinderhand, seine Knöchel sind schon ganz weiß, so stark umklammert er den braunen Holzgriff.

„Nicht so fest anschauen meine Schwester. Sonst schaust ihr noch was ab."

„Ich hab' von allem mehr als genug, das kann sich der Burschi ruhig anschauen."

Jetzt tut auch die Gabel nicht mehr so weh: Was für ein Versprechen!

Lächelnd blickt der *Kronprinz*, der uns gegenüber neben der *kindischen Tante* sitzt, auf Hand und Gabel. Eine erstaunlich große Nase trägt er im Gesicht, schlank zwar, aber so lang, dass sie sich weit nach vorne wölben muss, um ihre ganze Länge zwischen Stirn und Mund unterzubringen. Das liegt in der Familie, Langnasenfamilie, und diejenigen, die wie Vater Weinbauern werden, können den Riesenriecher gut dienstlich einsetzen, der *Kronprinz* aber will nicht, er wird zum Studieren in die Stadt gehen: „Sicher. Weil diese ganze Blödheit hier ist schwer genießbar."

„Ich hau dir eine über den Schädel, du Blödel, dann passt schon ganz gut daher", sagt Vater und schlürft noch einen Löffel Nudelsuppe.

„Fetzenschädel, Fetzenlaberl. Ich hätte Lust auf ein Kickerl. Nach dem Schnitzerl", reimt sich Arla was zusammen.

„Geh, darf ich mir deine Gabel ausborgen", flüstert Herla in meine Richtung, „der Arla braucht eine Beruhigung, und meine Gabel steckt grad in deiner Hand."

„Eine Versammlung von nichtsnutzigen Fratzen, ihr Buben. An den Menschern könnt's euch ein Beispiel nehmen", sagt Mutter, mit dem Rücken zum Tisch am

Herd stehend, die Blasen werfenden Schnitzel im schäumenden Schweineschmalz schwenkend.

„Kommt Menscher von Menschen?“

„Und die Buben vom Affen, das sieht man ja.“

Unberührt von Fragen der Geschlechterrollen und Emanzipation haben sich hier die Verhältnisse so verfestigt, dass die weibliche Nachkommenschaft dem Menschsein grundsätzlich nähersteht.

Sogar die Nudelsuppe straft *die säuerliche Cousine* mit Verachtung. Eine einzelne Nudel nach der anderen angelt sie aus dem Teller, zieht sie dann mit den Zähnen vom Löffel, die Lippen weit auseinander gespreizt.

„Ist das eigentlich eine lange Nudel, die dann in so viele kleine Stücke geschnitten wird? Oder wachsen die wie Schnittlauch, und man schneidet immer von oben was ab?“

„Die Menscher werden zu Weibern, die Kälber zu Kühen, die Burschen aber werden: Mannsbilder“, räsoniert die *kindische Tante* und leckt ein paar Suppenresttröpfchen aus ihrem blonden Oberlippenbart.

Der Druck der Gabelzinken auf meine Hand lässt merklich nach, denn jetzt kommen die Schnitzel auf den Tisch.

„Eine gewisse Trägheit der Auffassungsgabe macht sich bei den hier Einheimischen schon in jungen Jahren bemerkbar. Am Anfang wirkt es wie Nachlässigkeit, während der Schuljahre wie ein sanfter Widerstand gegen die Anforderungen, die einem zugemutet werden. In den späten 10er, frühen 20er Jahren aber gleitet es in eine alkoholbedingte Dauerdumpfheit, bis schließlich, spätestens mit Anfang dreißig, die Verblödung so verfestigt ist, dass gar nichts mehr durchkommt. Außer Wein, immer mehr Wein. Der einzige Ausweg, einem langwierigen Sterben an einem Leberleiden in diesem Dorf zu entgehen, ist ein schneller Tod durch fahrlässige Selbsttötung. Nicht richtig vorsätzlich, sondern eher infolge eines partiellen Kontrollverlustes durch ausufernde Alkoholisierung. Manche schaffen nicht einmal das, die müssen sich dann selbst wegtrinken, über die Jahre von innen heraus im Wein auflösen, das Geistige ist relativ leicht zu ersäufen, das Körperliche ist da widerspenstiger. Etlichen gelingt der plötzliche Abgang gerade noch, wenn auch nur über Umwege. Hilfreich ist dabei jedenfalls, eine gewisse Balance der Trunkenheit zu finden, die knapp vor der Bewusstlosigkeit gerade noch ermöglicht, so in den Lauf der Welt einzugreifen, dass man selbst nur noch tot daraus hervorgehen kann." So umständlich fängt der *Kronprinz* meistens seine Geschichten an, als möchte er uns auf die Probe stellen, ob wir überhaupt in der Lage sind, seinen Überlegungen zu folgen. Das ärgert Vater schon von vornherein, da konzentriert er sich lieber auf sein Schnitzel, schmatzt etwas lauter und sucht innerlich nach einem Effekt, um die Erzählung zu stören.

„An sich", so der *Kronprinz* weiter, „hatte sich der junge *Schuhmacher-Frederl* eine gute Stelle ausgesucht, eine lange Linkskurve gesäumt mit Zwetschkenbäumen, der Anlauf gerade und leicht abschüssig, sodass eine hohe Geschwindigkeit schnell zu erreichen war, allerdings hat ihm im entscheidenden Augenblick die vom Wein beeinträchtigte Sehkraft einen Streich gespielt, und er ist mit vollem Tempo *zwischen* zwei der vielen, vielen Bäume hindurch, flog weit, landete hart auf einem frisch gepflügten Feld, überschlug sich fünf Mal, konnte sich aber schließlich, wieder fast nüchtern, selbst aus dem Wrack befreien. Die Böschung zur Straße kaum hochgekrochen, sah er schon ein Scheinwerfer-Paar näherkommen. Der Fahrer des Lastwagens, es war ein Holztransporter, wenn ich mich richtig erinnere", sagt der *Kronprinz* in Richtung des Vaters, als ob das irgendeine besondere Bedeutung hätte, „sagte aus, dass ein Mann ihm auf der Fahrbahn entgegentaumelte mit weit ausgebreiteten Armen, als wollte er den Schwertransporter umarmen. Der Lastwagen brauchte nach dem Aufprall 70 Meter, um zum Stillstand zu kommen, so haben es die beiden Gendarmen erzählt."

Der *Kronprinz* lächelt und sieht mir ins Gesicht: Er hat sicher nicht vergessen, dass ich infolge eines Autounfalls hier bin, er kann sich denken, dass ich solche Geschichten noch nicht so heiter sehen kann, und die anderen müssen das doch auch wissen, aber niemand unterbricht ihn.

„Der junge Frederl, der war auf der Stelle tot", so der *Kronprinz*.

„Woher wollen sie das wissen, die Gendarmen, die haben doch sicher Stunden gebraucht, bis sie dort waren."

„Weil sein Kopf ganz flachgequetscht war, so etwas überlebt man nicht lange."

„Ist da ein Rad vom LKW drübergefahren oder langte schon die Wucht des Aufpralls?"

„Müsste man nachsehen. Wenn Abdrücke vom Reifenprofil in seinem Gesicht zu sehen sind, dann war's das Rad. Wenn nicht, dann war's die Schnauze."

„Da sieht keiner mehr was, nur mehr Matsch. Die Feuerwehr hat das, was von ihm übrig war, mit einer Schaufel zusammengekratzt und in einen Plastiksack gekippt. Deshalb war der Sarg auch nicht offen, bei der Verabschiedung vor dem Begräbnis."

„Wer mag jetzt noch ein Schnitzel?"

„Ich hätte lieber ein Hirn, ein gebackenes!"

Mittagsrasterl gibt es nicht, nicht heute, auch wenn der Schnitzelbauch schwer auf die Stimmung drückt. Mehr als der halbe Tag ist um, aber das größere Stück Arbeit steht noch aus. Aufraffen, anwerfen, weitertun, so geht das. Die vielhändige Familienkette braucht ein wenig, um wieder in den ineinandergreifenden Lauf zu kommen, doch bald geht es wieder wie zuvor: eins ins Andere, jeder an seinem Platz und die Doppler auf ihrem Weg.

Irgendwann später heult die Pumpe schrill auf, Vater schreit „Luft!", der *Kronprinz* zieht den Stecker, die Pumpe beruhigt sich: Das Fass ist leer.

Jetzt schreibt Vater mit Kreide auf das dunkle Holz der Kellertüre: *25.VIII.70: 1.512*

Weiß auf schwarz unser Werk in Zahlen: tausendfünfhundertzwölf Doppler abgefüllt, verkorkt, etikettiert und an der Presshauswand hochgestapelt. Darauf muss getrunken werden, Vater hat den Tupfer schon aufgezogen und geschultert, in seiner Linken ein Stapel Stifterl, vom dem sich jeder reihum eines nimmt, und dann wird eingeschenkt, im Verhältnis zur Körpergröße ergibt sich die Füllmenge, für die beiden *enthusiastischen Cousins* und mich fast halbvoll, das Glaserl.

„Aufs Leben“, sagt Vater, mehr zu sich und seinem Wein, aber doch für alle hörbar, und hebt sein Glas. Einen Moment lang fasst er wieder diesen unsichtbaren Punkt ins Auge, nickt ihm zu und trinkt. In einem Zug das ganze Glas, schluckt kräftig und bestätigt mit einem Schmatzen. Wir nippen.

„Riesler“, flüstert Arla.

„Welches Leben“, feixt Herla und beißt ein kleines Stück vom Rand seines Glases ab, das er dann grinsend zwischen seinen Zähnen zeigt.

Wie wir jetzt einer nach dem anderen aus dem Keller kommen, in dem es jahraus, jahrein dieselben zwölf Grad hat, durchs Presshaus und über das kleine Treppchen ins Freie treten, da ist es, als würden wir gegen eine gläserne Wand aus Licht und Hitze knallen. Ein jeder kneift die Augen zusammen und verzieht das Gesicht vor blendender Helligkeit, und dann stehen wir alle vor der Fassade aus buckligem Putz in hellgrünem Anstrich, rund um Vater, der als knappen Dank ein *Vergelt's Gott* murmelt und, den an seiner Schulter lehnenden, noch halbvollen Tupfer mit dem Mittelfinger seiner Rechten verschlossen haltend, mit der Linken in der Hosentasche nach dem Zigarettenpäckchen angelt. Ohne Arbeit, pflichtschuldige Tätigkeit scheint sich der familiäre Zusammenhalt zu verflüchtigen, die Gespräche finden kein Thema mehr.

„Im Keller sieht diese Verwandtschaft besser aus als im Tageslicht.“

„Wir sind alle schiach, im Finstern sieht man's nur nicht.“

„Ich muss dann. Wir haben. Zu Haus, am Hof", perlt die *lachende Cousine* und winkt zum Abschied in die Runde. Das ist mein Zeichen:

„Ah ja, ich auch, geh' gleich mit."

Jetzt schnell was Interessantes sagen. Eine Geschichte erzählen. Sie zum Lachen bringen.

„Kennst du den Kairos?"

„Mit den Pyramiden?"

„Nein, kein Ägypter. Einer von den alten Griechen, ein junger Bursche, ein schneller Läufer, sein Kopf kahlgeschoren – bis auf einen Haarschopf vorne oberhalb der Stirn, der ihm in zwei, drei langen Locken übers Gesicht fällt. Der ist die günstige Gelegenheit, der richtige Moment. Er lacht immer."

„So wie ich."

„Für ihn aber ist alles ein Spiel. Wer ihn zu fassen kriegt, für einige Momente festhalten kann, dessen Wünsche gehen in Erfüllung. Aber das ist schwer, denn die einzige Stelle, an der man ihn packen und festhalten kann, ist sein Haarschopf. Man muss ihn kommen sehen, erkennen und im richtigen Moment zupacken. Von hinten könnte ihn selbst der schnellste Läufer nicht festhalten, am geölten Körper würde jeder Griff abrutschen."

„Und. Wie sieht's aus? Hast du ihn erwischt?"

„Ja, heute schon. Glaube ich", antworte ich und nehme ihre Hand in meine.

Ohne einander anzusehen, gehen wir so die übliche Abkürzung über den schmalen Steig am Mann-Bergerl zwischen Haselnussstauden und überbordenden Brombeerhecken ins Dorf.

„Und. Weißt du noch mehr so komische Geschichten?“

„Und ob. Noch viel bessere sogar – kommt nur darauf an, was ich dafür krieg’.“

Sie bleibt stehen, lässt meine Hand los und packt mich in der Mitte meines T-Shirts, dreht daran und zieht mich hoch zu sich. Kurz bevor sich unsere Nasen berühren, lächelt sie, schließt die Augen und küsst mich, die Lippen fest verschlossen und mit sehr starkem Druck, dafür aber mitten auf den Mund.

„So geht das also“, denke ich in unendlicher Glückseligkeit.

„So, Burschi, auf geht's.“

„Burschi gibt’s nicht mehr, ich heiße jetzt: Teseo.“

„–?“

„Teseo. Benannt nach dem großen Helden Theseus“, schreie ich meiner *lachenden Cousine* ins Ohr.

„Ah so“, schreit sie zurück, auf der harten Holzbank des Traktoranhängers mehr hüpfend als sitzend, halten wir uns am Gestänge vor uns fest. Vater lenkt das Gespann, wie immer, Mutter rechts, die *kindische Tante* links neben ihm auf den Schutzblechen über den riesigen Antriebsrädern. Der Lärm des sich den Hochheimsberg hinaufkämpfenden Traktors ist ein willkommener Vorwand, die Köpfe näher zusammenzustecken. Während ich ihr eine neue Geschichte ins Ohr schreie, versuche ich zumindest bei jedem zweiten Mal Luftholen mit meinen Lippen ihr Ohr zu berühren.

„Theseus wird also von seinem Vater in ein fremdes Land gesandt. Wo die Menschen seltsam und die

Sitten rau sind. Er soll Prüfungen bestehen und Aufgaben erfüllen, vor allem aber: Er soll das Monster bezwingen."

„Ein Monster? Wie sieht es aus?"

„Das weiß niemand. Denn es wohnt in einem Labyrinth. Um es zu sehen, muss man hineingehen. Womöglich findet man dann aber nicht mehr heraus."

„Das kommt mir bekannt vor."

„Und jetzt kommst du ins Spiel. Sagen wir, du heißt: Arianna."

„Marianne?"

„Ja, aber mit A!"

„Ah. Ahhh. Aahhhhh!"

„Und dir gefällt er, der Theseus."

„Und warum ist er sich da so sicher, der Theseus?"

„Weil du ihm ein Wollknäuel schenkst."

Die Gummistollen der Traktorreifen sehen aus wie Pfeile, die sich schnell drehen, aus dem Boden herauskommen, auffliegen und wieder verschwinden unter den Blechen. Schnell, aber nicht so schnell, um nicht noch als Pfeile erkennbar zu sein. Und immer zeigen sie nach oben. Die beiden Zylinder des Steyr hämmern furios, der Fahrtwind riecht nach Feld und Dieselmotorabgasen.

„Da sind 500 Meter roter Faden aufgewickelt. Weil Baumeister Daidalos, der das Labyrinth gebaut hat, dir geraten hat: Wenn du den triffst, der dir gefällt, gib ihm das Knäuel, schick' ihn hinein, aber halte das Ende des Fadens gut fest. Du wirst entscheiden, ob er wieder herauskommt."

„Und wie geht es aus?"

„Das zeig ich dir. Aber erst bei Nacht. Wenn du bei mir übernachtest. Arianna und Theseus teilen nämlich das Lager, weißt du?“

„Mit dir teile ich alles, Burschi!“, ruft sie in den Himmel und lacht.

„Das ist mein Leben!“, jubelt Teseo.

Zu zweit auf der Po-Ritzenbettbank zu Füßen von Mutter und Vater nicht zu schlafen, ist himmlisch – den Kampf gegen die Anziehungskraft der Ritze erst gar nicht aufnehmen, sich fallenlassen in die Mitte und dort mit dem Körper der *lachenden Cousine* zusammentreffen. Das Schwierige dabei ist, völliges Stillschweigen zu bewahren, selbst das Rascheln der Decke zu vermeiden, also sich schlafend zu stellen, bis Vater und Mutter schlafen, ohne selbst dabei einzuschlafen. Bei Vater geht das schnell, bald schnarcht er im Gleichtakt mit der Pendeluhr, bei Mutter dauert es länger. Man muss genau auf ihren Atem hören, der langsam flacher wird, und erst das regelmäßig wie vor Erschöpfung seufzende Schnaufen zeigt an: Jetzt schläft sie. Aber nicht tief, ein Flüstern hätte sie wecken können, deshalb gilt sprachlose Verständigung. Dies und die Dunkelheit helfen, gewisse Barrieren zu überwinden.

Im Schneckentempo und bei geschlossenen Augen ziehe ich meinen Arm hoch, lasse ihn langsam quer über den Bauch höher wandern, in ihre Richtung. Bis meine Hand endlich auf ihrer Brust liegt. Was tagsüber zu ihrem Lachen unterm Hemd hüpfte, ist jetzt spitz und fest und still. Während in dieser Kammer scheinbar alle schlafen, spielen sich unter der Decke entdeckerische Dramen ab.

Der erste Erfolg stärkt meinen Mut, jetzt will ich weiter, unters Hemd, zur nackten Haut. Zunächst versuche ich es von steil oben, durch die Halsöffnung ihres Nachthemds, die ist aber zu klein, zu eng, um neben ihrem schönen Hals auch noch meinen Bubenarm passieren zu lassen, dann also – anders. Meine Hand macht sich auf die lange Reise nach unten, so langsam, dass kaum Bewegung zu spüren ist, wandert über ihr Nachthemd, vorbei am Rippenbogen, weiter über ihren Bauch, der, da sie am Rücken liegt, sich nach innen wölbt, und nähert sich einer Abzweigung, an der die alles entscheidende Frage zu beantworten ist: Traue ich mich oder besser nicht?

Was meine jetzt nicht mehr *lachende Cousine* bei alldem empfindet, würde ich jetzt gerne wissen. Hört sie auch wildes Pulsschlagen in den Ohren? Oder ist sie ruhig, weil sie das alles schon kennt? Möglich wäre es, schließlich ist sie um einige Jahre älter. Oder ist sie schon eingeschlafen? Das wird sich gleich klären, denn ich werde die Abzweigung und die Entscheidung, über das rechte oder linke Bein weiter nach unten zu wandern, vertagen. Für heute den Mittelweg nehmen. Die Krümmung dieses Hügels passt perfekt in meine hohle Hand. Kein Protest seitens der Cousine. Mein Mittelfinger klopft drei Mal ins Tal des Nachthemds zwischen ihren Schenkeln. Kaum merklich hebt sie ihr Becken an, hält es für einen Moment hochgestreckt und lässt es dann entspannt zurückfallen. Bravissimo, sie schläft also nicht! Sie ist immer schon meine Lieblingscousine gewesen, aber das hier, das ist das Beste. In meinem ganzen Leben. Bisher.

Der grausame Onkel

„Das allermeiste im Leben ist verschwendet“, sagt sich der *grausame Onkel* mit dem wilden Auge, „Verschwendung von Zeit und Kraft. Wobei – wer keine Kraft hat, dem hilft Zeit auch nicht. Und wer kraftvoll ist, braucht keine Uhr. Und keinen Schlaf.“

Tagsüber arbeitet er in den Weingärten oder im Keller hart und flink, und in der Nacht, da fährt er. Meistens Milchtransporte, abholen und einsammeln auf den Dörfern und ab damit in die Großmolkerei. Dann und wann ein kleines Tunkerl, so nennt er das erfrischende Nickerchen, den Kopf samt Geist eintunken ins kühle Schwarz der Nacht, tief wegschlafen, aber nur bis zum ersten Schnarcher, der seinen Körper zurückholt ins wache Leben. Nie mehr als zehn, höchstens fünfzehn Minuten. Und zurück auf dem Hof sein, bevor alle aufwachen. Einer nach dem anderen, wie sie aus den Betten gekrochen kommen, muss sehen: Der Vater arbeitet bereits. Oder noch immer. Saufüttern ist eigentlich Frauenarbeit. Und die Kinder können zur Hand gehen. Schrot mit Wasser anrühren, Ferkelstarter, Kraftfutter, und die Kübel mit den Essensresten, Küchenabfällen, Erdäpfelschalen, halbverfaulte Äpfel in den Trog kippen, verteilen, alles für die Schweine, darüber dann den Schrotschlamm. Doch wenn er früh genug von seiner Tour zurück ist, macht er das. Er kommt ihnen gerne zuvor. Ein stummer Vorwurf ist das, der seine Frau trifft.

Sie kann nicht fahren. Und jetzt sieht sie durch das Küchenfenster über den Hof in der Morgendämmerung zum Saustall hinüber. Die Tür steht offen, drin brennt Licht, und sie kann das Geklapper seines Tuns vor dem Gegrunze und Gequieke der Schweine hören.

Die Gier der Schweine ist so groß, dass sie sich lieber mit der blechernen Schöpfkelle auf die Schnauze schlagen lassen, als auch nur einen Moment zuzuwarten, bis er den matschigen Futterbrei im Trog verteilt hat. Grunzen, quicken, schmatzen, schlürfen, große Lust und etwas Schmerz, gleichsam das Salz zum Mahl, gerne stößt er nochmals nach mit der Kante des Schöpfers auf die gierigen Schnauzen der Schweine, blöde Sau, Drecksau. Geile Sau. Zuschlagen, und die Sau quietscht, zuckt zurück, um gleich wieder nach vorne zum Trog zu drängen. Die lernen nichts, die dummen Schweine, auch harte Schläge nehmen sie hin. Die Gier nach Fressen ist größer als alles andere.

„Die Sau weiß, was sie will, und das holt sie sich“, denkt der *grausame Onkel*, „vier Kinder in fünf Jahren, das war was. Man muss wissen, was man will, das Machen ist leicht. Eins nach dem anderen. Meine Kraft reicht noch lang. Für viel mehr. Aber es ist sonst keiner da. Mit dem man könnte. Weil alle zu schwach. Das Dreschen hilft den Kindern, das ist wie beim Hund.“

Der hat am Anfang auch so getan, als würde er nichts verstehen, wenn er sollte, was der Onkel wollte. Aber mittlerweile reicht es schon, wenn er den Ochsenziemer in des Onkels Hand sieht. Kein Knurren mehr, kein Zähnefletschen, ganz flach macht sich der Hund am Boden und zieht den Schwanz ein. Alles hat er gelernt, und wie. Braucht keine Leine, um bei Fuß zu bleiben. Beißt auf Kommando, immer Kehle. Und apportiert, ohne zu zerreißen.

„Man muss zeigen, wer der Herr ist. Wolf oder Schaf, das ist die Frage, die jeder für sich beantworten muss. Die Kinder verschwenden ihre Zeit, weil sie keine Kraft haben. Aber man muss sie sich holen, die Kraft. Wo, das zeige ich ihnen. Der Widerwille gegen das Arbeiten muss gebrochen werden. Dann geht das."

Im Vorhaus, auf halbem Weg zwischen Gassentür und am anderen Ende gelegener Hoftür, steht der Waffenschrank, eine Vitrine, also mehr Zurschaustellung denn sichere Verwahrung. Die Gewehre ruhen hinter Glas in ihren hölzernen Ablagen, griffbereit. Er wählt die doppelläufige Mannlicher, hängt sie geknickt über die linke Schulter, aus der Pappschachtel auf dem Boden der Vitrine greift er eine Handvoll knallroter Patronen und lässt sie in seine Jackentasche klackern. Pirsch ist wohl das Einzige in seinem Alltag, das nicht Verschwendung bedeutet. „Die Lämmer wollen gerissen werden, das Wild muss man erst aufspüren und dann zur Strecke bringen. Die Pirsch ist gut: nicht reden, bedachte Bewegungen, versteckt zwischen Ästen hocken, warten. Auf die gute Gelegenheit, den richtigen Moment. Dann anlegen, ausatmen, abdrücken." Diese klare Reihung, die Ordnung im Gefüge, das mag er, der *grausame Onkel*. Das versichert ihn seiner Kraft, und eine kühle Spannung spürt er in sich wachsen, inwendig, wie er denkt, von Kopf bis Fuß.

Der Hund erkennt die Situation, bevor der Herr noch am Zwinger ankommt. Mit spitzen Ohren steht er aufrecht in glänzendem Fell, allein der schnell hin und her schlagende Schwanzstummel zeigt die Erregung.

„Rex, bei“, und das Tier springt durch die jetzt offene Zwingertür und heftet sich an seines Herren linkes Bein. Ohne weiteren Befehl wird es nicht mehr von seiner Seite weichen, auch nicht bellen, nicht einmal knurren. Selbst das Hecheln des Hundes scheint verhalten, ein Sklave aus freien Stücken, es sieht aus, als hätte er die Schläge längst vergessen, den Ochsenziemer, der jede vom Herrn unerwünschte Bewegung schmerzvoll korrigiert, die Faustschläge auf die Schnauze für jeden falschen Laut, und für Winseln gibt es extra. Das also macht gefügig, mehr noch als dienstbar: eifrig. Jeden Wunsch des Herrn zu erkennen, an den Augen abzulesen und auf kaum hörbares Kommando auszuführen. Ohne jede Belohnung, bei bescheidenem Futter, die meiste Zeit in einem *Zwinger* genannten Drahtverhau, der nicht mehr als zwei mal zwei Meter Auslauf bietet. Bitterer Sarkasmus seines Herrn, diesen Hund *Rex* zu nennen.

Herr und Hund gehen durch die Kellergasse, verlassen den Ort nach Westen, steigen zwischen Feldern, dann durch den steilen Wald über den Sauberg hinauf zum Galgenberg. Immer wieder kommt er zu jenem Platz zurück, auch wenn es hier kaum Wild gibt, denn hierher hat ihn die erste Pirsch seines Lebens geführt, hier hat sein eigentliches Leben begonnen. Hier kann er ganz bei sich sein, an der Grenze zwischen Wiesen und Wald, mit freiem Ausblick auf die Senke unter ihm und dem Rauschen der Bäume hinter ihm. Wie andere im Salzwasser des Toten Meeres regungslos treiben, so schwebt er hier schwerelos über seinem Sein. Das ist ja das Wesen der Jagd: nicht ungeduldig suchen, sondern sein, ruhig sein, man selbst sein. Und das Unvermeidliche kommen lassen.

Weiter oben kann er schon die quer zur Steigung laufenden Wellen im Boden rechts und links des Weges sehen – nicht zu erkennen freilich, wenn man nicht weiß, was das einst war. Er aber weiß es. Er war hier, damals, als Schulbub, als die letzten Aufrechten, wie sie sich selbst nannten, Stellungen aushoben, kleine Gräben hinter flachen Wällen, mit dem Aushub aufgeschüttet.

„Rex, lauf", und der Hund trabt los, springt ins Unterholz, schnuppert und bemüht sich, eine Fährte auszumachen.

Damals, da war er noch Volksschüler, da hat er sich hier im Wald versteckt, allerdings weiter unten, näher beim Dorf, gleich nach den Wiesen, mit guter Sicht auf die Straße und die Stellungen. Und hat gewartet. Auf den Russen. Der Herr Pfarrer hat gesagt, das wäre der letzte Schultag. Jetzt müssten sich alle auf den Zusammenbruch vorbereiten. Und darauf, was danach kommen würde. Aber mit Gottes Hilfe würden sie auch das überstehen. Weil es ja weitergehen müsste. Und so gingen sie nach Hause, die Kinder, aber nicht er. Die unerwartete Freiheit wollte begrüßt werden, er wollte aus dem Dorf laufen, über die Felder, vielleicht zur Ruine, als er den seltsamen Zug von Wägen sah, der ihm die Dorfstraße herauf entgegenkam. Nur einer von Pferden gezogen, die anderen drei oder vier von alten Männern und jungen Burschen, die er nicht kannte. Wie der *Schuhmacher-Frederl* sie begrüßte und ihnen den Weg wies Richtung Galgenberg und er ihnen in den Wald nachschlich und sah, wie sie schließlich ihre Gerätschaften abluden, Hacken und Schaufeln vor allem, aber auch Kisten, grau gestrichen, und wie sie begannen, die Gräben auszuheben, da ist er genau hier gesessen, hinter dem glatten Stamm einer Buche, und hat mit nackten Knien unter kurzen Hosen dem Treiben dieses traurigen Haufens zugesehen.

Wie im Traum geht jetzt eins ins andere über, der Jäger auf der Pirsch, der tatkräftige Familienvater, der nichts verschwenden mag, und der Schulbub, der noch immer tief drin im jagenden Vater wohnt, der im Familiären erst zum *grausamen Onkel* wurde. Hier im Wald spürt er gar keinen Antrieb zu verdreschen und anzubrüllen, hier ist er ruhig, wie damals als Bub, als er aus der Schule in den Wald gelaufen ist, nicht, um sich wie alle vor dem Russ' zu verstecken, nein, erleben wollte er was. Das letzte Aufgebot, hat der Lehrer gesagt, wird den Bolschewiken Grüß Gott sagen. Und da wird es dann doch was zu sehen geben, war er sich sicher und rannte voll ungeduldiger Neugier unter dem blauen Himmel, der unermesslich weit war an diesem 20. April 45, leer und kalt, kam ihm vor, aber auch verheißungsvoll.

Wie Helden sahen sie nicht aus, eher wie grantige Bauern kamen sie ihm vor. Traurige Gestalten, einige Buben nicht viel älter als er selbst, und alte Männer in ihrem Alle-Tag'-Gewand, statt Helmen Hüte auf den Köpfen, so hoben sie Gräben aus der dunklen Erde.

Ein paar Karabiner hatten sie, er glaubte, bei einem sogar eine Schrotflinte gesehen zu haben, aber keine schweren Waffen, keine Maschinengewehre, keine Granaten. So wollten sie den Vormarsch des Russen aufhalten?

Den *Schuhmacher-Frederl* erkannte er gleich an der Stimme, wie er die anderen anfeuerte, schneller, tiefer zu graben, und plötzlich mitten im Satz stockte, aufhorchte. Ein leises Brummen von Motoren war zu hören, zu sehen ein dunkler Punkt weit hinten am östlichen Himmel, der schnell größer wurde, schon waren Tragflächen zu erkennen. Die Männer hielten das Schaufeln und Hacken an, sahen hinauf zu dem Flugzeug, das schnurgerade auf sie zukam, kurz vor dem Wald allerdings zu einer steilen Rechtskurve ansetzte. Knallrot leuchteten die beiden Sterne auf der Unterseite der grauen Tragflächen. Sie waren nicht einmal in Deckung gegangen, waren sich gewiss, dass der Pilot sie im Wald nicht sehen würde, sie wussten, das war nur der Erkundungsflug für den eigentlichen Angriff.

Der Flieger zog eine 180-Grad-Wende über den Häusern des Dorfes und war eigentlich schon wieder auf dem Rückweg, als die gewaltige Explosion zu hören war. Ein Bombenangriff mit nur einer Bombe, auf ein Dorf ohne Ziel – womöglich hat das Flugzeug die Bombe einfach nur verloren.

„Die Mutter sucht mich", sagte er sich, „ich sollte längst zu Hause sein. Die Schule ist aus und ich bin im Wald. Buchen sollst du suchen. Hier findet mich keiner. Aber ich sehe sie alle."

Durch die Gabel eines in zwei Linien geteilten Stammes hatte er gute Sicht auf die schwächlichen Stellungen der maroden Verteidiger, wie sie dalagen hinter dürftigen Erdwällen, müde zum Einschlafen, zu müde zum

Durchhalten. Nicht einmal ein Kind konnte glauben, dass die da irgendwen aufhalten würden. Zwar hatten sie freie Sicht auf die Straße, die sich in zwei engen Kurven aus dem Dorf heraufwand und dann ein schönes Stück gerade auf die Anhöhe zulief, aber was hilft die beste Sicht ohne die richtige Ausrüstung?

Trotz der aufgeregten Freude auf das, was kommen würde, musste er wohl eingenickt sein in seinem Versteck, und so hat er gar nicht mitbekommen, wie es losging. Das Aufblitzen von Mündungsfeuern über den Erdwällen im Wald war zu sehen und jenes von gewaltigen Salven aus der Gegenrichtung, die stoßweise in kurzen Reihen unten bei den letzten Häusern des Dorfes abgefeuert wurden.

Vor dem Ballern und Krachen ab und an ein giftiges Zischen zwischen den Blättern und Ästen über ihm, dann kam etwas Größeres dazu, tiefer im Ton und langsamer in der Abfolge der Knaller. In längeren Abständen bahnten sich leuchtende Geschosse den Weg herauf, schlugen viel zu weit unterhalb des Waldes in der Wiese ein, kamen dann aber nach und nach höher, bohrten sich krachend ihren Weg durchs Unterholz, und als sie die improvisierte Stellung, wo eben noch Mündungsfeuer zu sehen waren, erreicht hatten, änderten sie die Richtung und schwenkten waagerecht von einer Seite zu anderen und wieder zurück. Ein helles Pfeifen, noch eines, und ein drittes, knapp hintereinander, fast gleichzeitig, schnell näherkommend, lauter werdend. Nach einem Moment der Stille drei helle Blitze, die genau dort, wo eben noch leuchtende Kugeln eingeschlagen waren, die Explosionen ankündigten. So knapp folgten sie aufeinander, dass es fast wie ein einziger gewaltiger Knall klang.

Dann rauschten die Blätter im Wind, Wolken zogen über den Himmel, alles wie zuvor, als wäre nichts gewesen. Vier oder sechs, höchstens acht Schatten bewegten sich in einer Linie, mehrere Meter voneinander entfernt, die Wiese hinauf in Richtung Wald, sie sprachen nicht, machten kein Geräusch, aber ihre Umrisse hoben sich deutlich vom Nachthimmel ab, wie sie den Hang heraufkamen, dann verschwanden sie im Wald. Lange war nichts zu hören als der Wind in den Bäumen, plötzlich ein Blitz, ein einzelner Knall, von dort, wo die Unsrigen gewesen waren, ein Schuss ohne Antwort. Dann ein Ruf in einer Sprache, die er noch nicht kannte, aber die er noch oft hören würde in den nächsten Jahren, ein Wort, das alle im Dorf noch fürchten lernen würden in den nächsten Tagen: „*Dawai*!“ Jetzt kam Bewegung in die Nacht, eine Karawane von Soldaten zog in Zweierreihen den Hügel hoch, eine doppelläufige Ameisenstraße, die knirschend den weißen Kalksteinschotter trat. Aus der Ferne waren Motoren von Lastwagen zu hören, und später kam zwischendrin noch das Quietschen von eisernen Panzerketten auf. Ein gespenstischer Zug durch die Nacht, keine Lampe, kein Scheinwerfer zu sehen, keine Stimmen mehr zu hören. Nur das wortlos knirschende Voranschreiten über steinernem Grund. Da vergaß der Schulbub, dass er eigentlich hätte zählen wollen, wie viele Russen es waren, die da kamen, seine Hosen waren nass, er hat gar nicht bemerkt, wann es passiert ist, aber jetzt, da der feuchte Stoff kalt auf der Haut klebte, da fiel es ihm auf. Das hätte nicht passieren dürfen.

Was nicht zu finden ist

Marcel Mariën ist ein lieber Junge, freundlich zu allen und tüchtig in der Schule; nächstes Jahr Abitur, und dann steht ihm die Welt offen, da ist sich seine Mutter sicher, während sie den Bratfisch aus der Pfanne hebt, mit ein wenig Butter übergießt und zu Kartoffeln anrichtet.

„Marcel, kommst du? Das Essen steht am Tisch!"

„Wir kommen!", antwortet Marcel, er antwortet seiner Mutter immer im Plural, als wäre er zu zweit mit einem unsichtbaren Zweiten, Bruder, Zwillingsbruder. Aber nicht einmal er selbst kann ihn sehen, diesen Zweiten, er kann nur seine Abwesenheit fühlen, sehr stark ist diese Empfindung, ein tiefer Schnitt ins eigene Fleisch, eine klaffende Wunde.

„Kann man Verlust empfinden, ohne zu wissen, wen man verloren hat? Ohne denjenigen gekannt zu haben? Oder: diejenige", korrigiert er sich selbst. Manchmal glaubt er, es ist bloß seine adoleszente Sehnsucht nach einer Geliebten, der Wunsch, endlich zum Mann gemacht zu werden, was hier heißt. Aber im Grunde weiß er, es ist etwas anderes, Tieferes, Älteres: Seit er sich erinnern kann, ist dieses Gefühl von Verlust der Grundton seines Seins.

„Wir kommen schon", sagt er nochmals, nur mehr halblaut, mehr zu sich selbst, steht auf und blickt dabei auf das Resultat seiner Lieblingsbeschäftigung: Portraits berühmter Männer der Wissenschaft und Kunst aus Zeitungen und Magazinen ausgeschnitten und in

einem Album arrangiert. Doch weder das Tun noch die Auszeichnungen dieser Männer interessieren ihn, sondern eine merkwürdige Verbindung: Alle tragen dieselbe Brille. Eine massive, aus schwarzem Zelluloid kreisrund geschnittene Fassung, rechts und links außen je zwei silberne Nieten, die das Gelenk zu den Bügeln im Rahmen fixieren. Schwer, groß, wie ein komprimiertes Fernglas kommt ihm das vor, zusammengedrückt aufs Zweidimensionale, das den Blick betont, aber zugleich als Maske funktioniert, hinter der ein spontaner Ausdruck schwer zu erkennen ist. Gewissermaßen das Gegenstück zur Brille der Väter und Großväter, die noch aus filigranem Metalldraht gebogen war.

Auf der ersten Seite seines Sammelalbums seine drei Favoriten: Leo Trotzki, Sigmund Freud und Kurt Gödel. Solange Marcel auch in diese drei Gesichter schaut, wie sie ihm entgegenblicken aus seinem Album, er kann nicht finden, was er sehen will: eine Bedeutung, eine noch verborgene Verbindung außer der Brille, die sie tragen.

„Wir kommen" sagt er zu diesen dreien ein letztes Mal und geht zu Tisch. Sein Lieblingsgericht hat Mutter heute gemacht: gebratenen Fisch. Nicht irgendeinen, sondern: Scholle. Die mag er besonders. Weil ihm gefällt, dass dieser schmale Fisch irgendwann beschlossen hat, sich flach hinzulegen und naheliegenderweise das dem sandigen Boden zugewandte Auge auf die andere Seite zu holen. Und von da an beide Augen auf derselben Seite trägt. Die Evolution mag lange dauern, das Auge auf die andere Seite zu holen, muss dennoch ein Durchbruch in einem Augenblick gewesen sein. Was ihn

fasziniert: das zweite dazuholen, eins zum anderen, zu zweit sein. Zwei ist die Zahl, die Bedeutung für ihn hat, immer schon. Zwei Fischaugen, zwei Brillengläser – es kommt ihm vor wie ein Traum, den er nicht mehr genau zusammenkriegt, es sind Bilder, eindrücklich, die sich aber nicht zu einer Geschichte zusammensetzen lassen. Während er mit einem schnellen Schnitt den Kopf vom Körper trennt und dann entlang des Rückgrats den Fischkörper zart öffnet, wünscht er sich einen Traum für heute Nacht, mit dieser Brille, seinen drei Lieblingsportraitierten und der Zahl Zwei. Und ihm selbst als Eins.

Was Marcel Mariën nicht wissen kann, ist, dass im selben Moment, als er seinem Fisch ins ermattete totgebratene Augenpaar blickt, tausende Kilometer weiter westlich in einer Stadt namens Coyoacán durch diese seine Lieblingsbrille zwei müde Augen auf das Schwingen pinker Hibiskusblüten vor gelbem Grund eines an den Hüften knapp sitzenden Rockes blicken. Die Hüfte hinkt, der Hüftschwung ist asymmetrisch, was ihm einen synkopierten Rhythmus gibt. „Jazz", denkt Leo Trotzki und wundert sich über sich selbst. Sie ist sicher nicht die schönste Frau, der er je begegnet ist, der dunkle Flaum auf ihrer Oberlippe macht ihn nicht scharf, auch nicht die beeindruckend starke Behaarung ihrer aus einer tiefroten Bluse ragenden Unterarme, sie ist politisch unbedarft, also keine stimulierende Gesprächspartnerin. Er ist ihr dankbar, dass sie ihm und seiner Gattin generös und herzlich Quartier gegeben hat in ihrem Blauen Haus, aber Dankbar-

keit ist es sicher nicht, die ihn erregt, herausfordert: Er weiß, er muss sie haben. Sie malt wie ein Kind, und alles ist bunt, ihre Bilder, ihre Kleidung, ihre Sprache. Farben haben ihn nie interessiert, außer Rot, doch das hat andere Gründe, er ist ein Mann der Strukturen, der Sprache. Aber jetzt, in diesem Moment, fehlen ihm die Worte, er ist ganz bei sich selbst, er spürt sich wie schon lange nicht mehr, eine Welle von Wollen hebt ihn an, er steht auf, nimmt die Brille ab und blickt ihr – nicht in die Augen, sondern auf den Doppelbogen ihrer Augenbrauen, eigentlich genauer: auf den Punkt, an dem sie in der Mitte ihres Gesichts struppig zusammentreffen. Sie kommt ihm nahe, ganz nahe, und kurz bevor sich ihre Körper treffen, blickt sie zu ihm hinauf und sagt, ohne zu lächeln: „Ya, tu verdadera cara."

Was Marcel Mariën genauso wenig wissen kann, ist, was im selben Moment einige tausend Kilometer weiter nordöstlich dieser mexikanischen Vorstadt-Romanze auf einem Hügel, überzogen mit grünem Rasen, akkurat getrimmt, in einem Haus, verkleidet mit weiß lackierten Brettern, zu sehen ist, in einem Arbeitszimmer, in dem kein Licht brennt, obwohl es schon später Nachmittag ist und das Licht schwach, zu schwach, um zu lesen. Wäre Marcel jetzt hier und würde ganz nahe an das Fenster gehen, die Hände an die Scheibe legen, er würde dieselbe Brille sehen, die Leo Trotzki in diesem Moment bereits abgenommen hat, hier allerdings sitzt sie noch auf der Nase des Mannes, dessen Augen jetzt nicht lesen wollen, der also nicht Licht macht, der gar nicht bemerkt, dass es allmählich dunkel wird, dämmert, ihm dämmert nichts, ganz im Gegenteil, blendend wie ein Scheinwerfer aus nächster Nähe frontal auf ihn gerichtet, so schreit ihn jetzt an, was er lange Zeit im Zaum halten konnte, sich nun aber losgerissen hat und nicht mehr zu bändigen ist: „Ich soll vergiftet werden!"

Er kennt weder Täter noch Motiv, aber der Vorsatz ist nicht zu übersehen. Er soll sterben, ausgelöscht werden durch vergiftetes Essen, tödliche Nahrung, das ist das Dilemma, in dem er sich im Kreis dreht.

„Wer nicht isst, kann nicht vergiftet werden. Wer nicht vergiftet wird, muss dennoch sterben. Aber erst später. Nicht essen, das bedeutet weniger werden, etwas geht immer weg durchs bloße Leben, selbst das reine Denken produziert Dreck, metabolistischen Dreck, auch Gift, hausgemachtes sozusagen, auszuscheidend." Hier verliert er die Übersicht, das Biologische am Leben bedrängt ihn, er nimmt die Brille ab, legt sie auf den Tisch, nimmt sie wieder zur Hand, blickt aber nicht durch, sondern auf die Gläser, von vorne, quasi in Gegenrichtung zum gewohnten Blick, streckt den Mittelfinger seiner Linken nach vorne und setzt die Brille darauf, kindisches Spiel. Was er sieht, während er seine Hand mit der Brille darauf anschaut, ist: Erwin Schrödinger, in Stockholm, im Frack und mit dieser seiner Brille im Gesicht.

„Wenn schon nicht ich, dann immerhin die Brille", murmelt er und erschrickt vor seiner eigenen Stimme. „Ich bin nicht Schrödinger", sagt er, jetzt schon bestimmter, „ich heiße Gödel Kurt, mein Unvollständigkeitssatz hat Hilberts Traum ein Ende bereitet."

Ganz flau ist ihm jetzt, und er fragt sich, wie lange er schon hier sitzt und seit wann Adele eigentlich weg ist, Schwindel zieht auf, das kann aber nicht von der Vergiftung sein, denn er hat nichts gegessen, da ist er sich sicher, seit Adele weg ist, hat er nichts mehr gegessen.

Und im selben Moment, auch davon weiß Marcel Mariën nichts, blickt durch dieselbe Brille ein Mann auf ein leeres Blatt Papier auf dem Arbeitstisch vor ihm, setzt an und schreibt in grüner Tinte: „Wien, 30. November 1937". Dann schraubt er den Füller wieder zu. Und wieder auf, aber nicht ganz, nur eine Umdrehung, und wieder zu, auf Anschlag, und mit der Gleichmäßigkeit eines Uhrwerks macht er so weiter, dreht die Kappe auf. Wieder zu. Wieder auf.

„Was man nicht hinunterschlucken, aber auch nicht ausspucken kann, das bleibt einem im Halse stecken. Auf Dauer nicht gut, das macht Beschwerden, üble sogar", hatte Dr. Pichler gesagt, erinnert er sich und fragt sich jetzt, hatte der zu viel Kraus gelesen oder sah selbst der Chirurg sich heutzutage schon als Literat? Das Mundhöhlenkarzinom ist ein physiologisches Phänomen, es metaphorisch erklären zu wollen, ist der Anfang des Aberglaubens. Aber er will jetzt nicht in einen inneren Monolog mit den Untiefen der Wiener Medizin treten, nicht schon wieder, nie wieder.

Und dieses Nie-wieder hallt nach in seinem Kopf, dann auch im Arbeitszimmer, verzerrt und angekrächzt, denn sprechen strengt ihn nicht nur an, es gelingt ihm auch nicht mehr, satt zu artikulieren. Fast würgt er die

Silben hervor, deshalb klingt dieses „Nie wieder“ aus seinem Mund in seinen Ohren wie ein Abschied.

Er hebt den Blick vom leeren Weiß und schaut durch die gegenüber dem Schreibtisch befindliche Tür, die offen steht und den Blick freigibt ins Behandlungszimmer und auf den Diwan und den Sessel dahinter, seinen Sessel.

Die Türe hat sich nicht verändert, über all die Jahre, die er ihr gegenübersitzt, Doppelflügel, stets geöffnet. Aber – wer hat die Türen eigentlich mit Schnüren an der Wand festgebunden? Als ob es das bräuchte, um sicherzustellen, dass die Türflügel keinesfalls geschlossen werden. Das bemerkt er heute zum ersten Mal. Und in diesem Moment wird ihm klar: Er muss durch, da durch, endlich Abschied nehmen, die Schnüre lösen und diese Türen hinter sich schließen.

Es liegt weniger an Wien und ganz sicher nicht an den Wienern, dass ihm der Aufbruch so schwerfällt, es ist der grundsätzliche Widerwille gegen Veränderung, vor allem der Sprache. Eigentlich war es im Sommer '33 schon klar zu erkennen gewesen, aber er hatte es von sich geschoben, nach Berlin und München, und so getan, als wäre damit alles in ungefährliche Weite gebannt, er hatte gescherzt, dass selbst beim Verbrennen der Bücher die Faschisten nicht umhinkommen, seinen Rang in der deutschen Kultur zu achten: Als Vierter schon kam er an die Reihe, nur übertroffen von Marx, Heine und Foerster.

Jetzt aber in diesem Moment im Winter 1937 beschließt er endgültig den Aufbruch. So schnell kann ihn der Krebs gar nicht auffressen, wie die Österreicher heim ins Reich wollen, das werden weder Schuschnigg noch Mussolini verhindern können, die Schlinge zieht sich fester zu.

Er wendet sich nach links, blickt durchs Fenster in den jetzt dunklen Hinterhof. Diesen nüchternen Ausblick hatte er immer gerne gemocht, die kühle Abseite des Hauses, Kastenfenster, bröckelnder Putz. Straßenseitig historisierender Gips-Kitsch mit Pilaster und Akanthus, hintenraus schmucklos. Er nimmt das Bein von der Armlehne, beugt sich leicht nach vorne und blickt in den Spiegel, der mitten im Fenster hängt. So ist die Geografie seines Arbeitszimmers: rechts vom Arbeitstisch der Sessel für den Patienten, geradeaus der Blick durch die offene Türe ins Behandlungszimmer, links das Fenster mit dem Spiegel, dessen Rahmen überdekoriert ist mit nicht lesbarer Ornamentik, weder schön noch bedeutsam, allein durch jahrelange Präsenz zu dem geworden, was er ist: ein Topos seines Denkens. Ein fast unmerklich kleiner Schwenk der Augen, und der Fokus liegt auf dem Grau der Hinterhofwand, und wieder zurück in den Spiegel, so lässt er seine Augen schwingen wie die Unruhe einer Uhr oder das Pendel eines Metronoms. Plötzlich hält er an, blickt in den Spiegel, aber nicht sich ins Gesicht, sondern auf die Brille. Diese Rahmung. Diese Fassung. Die Bestimmtheit dieser Form mochte er auf den ersten Blick, das Eindeutige daran. Für ihn ist diese Brille nicht nur Sehbehelf, sondern vor allem Distanzhalter zwischen dem sehenden Auge und der in den Blick genommenen Welt.

„Abreise", flüstert Freud, „nach London."

Das alles kann Marcel Mariën nicht sehen, denn er sitzt im selben Moment in einem Vorort von Antwerpen beim späten Nachtmahl mit seiner Mutter, die sich sorgt, weil er den Fisch auf seinem Teller nur ansieht, aber nicht isst.

„Eigentlich“, sagt er zu seiner Mutter, „geht es mir gar nicht um die Augen, nie, weder bei der Scholle noch bei den Bildern in meinem Album.“

„Wovon sprichst du? Wo bist du denn schon wieder?“, schmunzelt die Mutter, sie mag seine geistigen Ausflüge in innere Welten, denn jedes Mal kommt er zurück, zu ihr, und bringt etwas Schönes mit: Ideen, die niemand, auch sie nicht, verstehen kann, die aber immer berührend sind, für sie, die Mutter, denn wie alle Mütter weiß sie: Ihr Sohn ist außergewöhnlich. Vielleicht sogar – sie schämt sich fast, das zu denken: vielleicht sogar ein Genie. Aber das hört nur sie, denn was sie sagt, klingt anders:

„Hoffentlich wirst du nicht krank, Marcel.“

„Wir werden nicht krank. Wir sind so gesund wie noch nie“, antwortet er, ohne sie auch nur anzusehen. Er blickt auf das Blitzen der Reflexionen auf seines Messers Schneide, mit der er eben noch den toten Fisch traktiert hat, er hält es jetzt verkehrt herum in seiner Rechten und lässt es von rechts nach links und wieder zurück kippen, wie ein verkehrtes Pendel.

„Schön wäre,“ sagt er, und seine Mutter hebt fragend die Augenbrauen, „eine Maschine zu erfinden zur Vermessung der Gleichzeitigkeit. Du wählst einen Moment, der dir gefällt, sagst Jetzt! Und hältst dadurch das Pendel an.“ Steil ragt das Messer nach oben, seine Mut-

ter sieht eine Schliere Fett auf der Klinge glänzen, und ein kleines Stück Fisch klebt ganz vorne, „und dann siehst du Menschen, denen du noch nie zuvor begegnet bist, an weit entfernten Orten, alles im selben Moment. Du fühlst, was sie tun. Siehst, was sie sehen. Und vor allem hörst du, was sie denken. Das wäre mein Chronometer der Gleichzeitigkeit."

Er legt das Messer aus der Hand, blickt aus dem Fenster in einen tiefen Himmel und spürt es kommen: Das wird sein Moment, sein erster Moment, in dem aus dem Nichts eine Idee tritt, ein Bild sich vor seinem imaginären Auge zeichnet, er nicht weiß, woher es kommt, aber alles, was ihn Stunden, Tage, Monate rätseln ließ, zu einem Objekt als Lösung sich zusammenfügt:

„Eins und eins macht zwei. Das ergibt eine feste Bindung, eine Fassung fürs Leben. Wenn aber der Zweite fehlt, bleibt einer allein. Und dem will ich jetzt einen Rahmen geben."

Er sieht sie vor sich, diese Brille, schwarz, kreisrund und massiv – allerdings: mit nur einem Okular. Das ist absurd, untragbar und – schön. Weil es genau das darstellt, was nicht zu finden ist.

Er wird sie „L'introuvable" nennen.

„Ich hab' einen gekannt, der hat nicht getrunken, nicht geraucht und ist auch gestorben. Der ist nicht einmal ein Jahr alt geworden", lacht Vater, etwas zu laut. Dieser Spruch gibt Mutter jedes Mal einen feinen Stich ins Herz, erkennbar nur an einem schwachen Zucken ihrer Mundwinkel, weil sie an ihren Sohn Franz denken muss, der im sechsten Monat seines Säuglingsdaseins aufgehört hat zu atmen. Der Schmerz darüber wird auch mit den Jahren nicht kleiner. „Man lernt es besser tragen", sagt Mutter, „aber leichter wird es nicht." Das muss doch eigentlich auch Vater empfinden, es war ja ihr gemeinsames Kind, das eines Morgens tot in seinem Bettchen lag.

Draußen schien die Sonne, Vogelgezwitscher, ein Wagen fuhr die Straße entlang. Sie hätte all das anhalten wollen, die Welt zum Stillstand bringen: Ihr Kind war tot. Aber niemand hielt an, das Leben ging weiter. Der Herr Pfarrer hatte auch nur einen schwachen Trost: Wir alle müssen sterben, die einen früher, die anderen später. Nein, der hatte keine Ahnung, die Kinder sollten nicht vor den Eltern sterben.

„Wenn einer nicht mehr atmet, erstickt er", hat der Doktor gesagt. Ihr kommt vor, der wäre schon zu ihrer Kindheit Arzt gewesen im Dorf, aber das konnte nicht sein, da müsste er ja, wie alt sein jetzt?

Sie weiß es, aber es kann sie nicht trösten: Auch Kinder sterben. Lang nicht mehr so viele wie zu Zeiten ihrer Großmutter, die hat drei verloren. Aber acht durchgekriegt, sie selbst war erst bei Nummer sieben, und dann waren es nur mehr sechs. „Eins geht noch!“, hat Vater gesagt. „Ja, freilich, eins ist immer noch gegangen, aber darum geht’s doch nicht, ich will meinen Sohn zurückhaben. Oder tauschen: Ich gehe, er bleibt.“ Jetzt ist alles zurück, der Schmerz, die Trauer, sie könnte weinen, so weh tut’s.

Ob Vater, wenn er so still dasitzt, wortlos aus dem Küchenfenster blickt, auf irgendwas im Himmel, ob er auch solche inneren Gespräche führt? Oder ist da drinnen alles still, weil sich in seinen inneren Räumen schon lange nichts mehr regt? Er war auch als junger Mann nicht sehr gesprächig. Schlagfertig schon, immer zu laut und nur zum Zwiegespräch begabt. Er hat in all den Jahren nie etwas erzählt, was ihn bewegte. Immer nur indirekt, über andere. „Der Sowieso hat gesagt … Ich aber denke mir …“ Also ist vielleicht doch was drin, das bloß den Weg nach draußen nicht finden kann. „Traurig wäre das“, denkt Mutter, „wenn jeder von uns hier im Dorf eingesperrt wäre in sich selbst, jeder ein Gefängnis für sich.“

Wie gut hätte ihr das getan damals in den Wochen und Monaten nach Franz’ Tod, als sie sich zäh durch den Schmerz jener Tage schleppte, sie wusste alles, ja, das stimmte schon, und so gesehen gab es nichts zu sagen. Aber jetzt sieht sie das anders, als Alte, als Großmutter: Es hätte geholfen, jemandem davon zu erzählen. Vom kleinen Kindersarg in der riesigen Kirche, so oft war sie bei Einsegnungen, und immer stand der Sarg an derselben Stelle, nur noch nie war er so klein, „mein Kind in einer Holzkiste, gleich werden sie es verscharren", sie hätte aufspringen und schreien können, alle anschreien, bis auch der Letzte gegangen wäre und sie allein sein konnte, mit ihrem Kind, ihrem toten Kind.

Man könnte glauben, Vater hätte ihn vergessen, den zweiten Sohn in der Reihe von fünf Mädchen, nie bringt er die Rede auf ihn, ja, was soll ein Mann schon über einen Säugling reden – vielleicht: Was aus ihm hätte werden können, wie er wohl jetzt aussehen würde, nach wem er eher kommen würde. Aber nichts. Kann man das tatsächlich für sich behalten, mit sich selber ausmachen, sich selber erzählen?

„Die Eintönigkeit unserer Tage, die sich zu Wochen und Monaten häufen, die Sau kriegt Ferkel, wir ziehen sie auf, dann schlachten wir sie, und ist alles gegessen, schlachten wir die nächste, auf den Winter folgt der Frühling, und wenn die Sommerhitze vorbei ist, kommt die Weinlese, und wenn das Gröbste erledigt ist, haben wir nicht mehr weit bis Weihnachten, so geht Jahr um Jahr dahin, die Kinder werden größer, und erst unsere Enkel behandeln wir so, wie wir's eigentlich schon mit unseren Kindern hätten tun sollen. Was war mein Leben?", denkt Mutter.

Vaters Lachen über seinen eigenen Scherz ist zu laut, vielleicht lacht er ja den Schmerz weg. Wenn das Wehtun heraufkriecht aus seinem inneren Keller, wo alles verstaut ist, was er lieber vergessen will, da packt er's, verpackt es in diesen hundert Mal gemachten Scherz, führt seine Zuhörer lachend auf eine falsche Fährte und schleudert es so richtig hoch. Er lacht nicht über den bitteren Witz, nein, er lacht über sich selbst, über die

Hilflosigkeit den eigenen Gefühlen gegenüber, er lacht über seinen unaussprechlichen Schmerz: „Ein guter Witz tut immer weh. Fragt sich nur, wem?“

„Auch wenn es gar nicht nötig wäre, man macht es doch, es gehört sich halt so – sagt wer eigentlich?“, fragt sich Mutter, während sie die blecherne Kanne mit Wasser volllaufen lässt und die rätselhaft flächigen, scharfkantigen Muster auf der Kannenwand ansieht.

„Das kommt vom Verzinken, das Muster, auf der Kanne wie auf der Wanne, zu Hause, im Bad. Verzinkt alle beide, Blechwanne, Gießkanne. Am Samstag werden die Gräber gegossen und später die Leiber gebadet. Ich glaube an die Auferstehung des Leibes, am jüngsten Tag, Erde zu Erde, das Unkraut jäten, die Kerzen erneuern, in Ewigkeit, Amen. Grablichter am Elterngrab, am Kindergrab. Hier standen wir und hatten keine Tränen. Ein jeder muss diesen letzten Weg gehen. Die nächsten sind wir. Und die Sonne wird weiter scheinen. Der Sommer wird so sein wie immer, nur ohne uns. Die Trauben werden wachsen, die Kinder werden alt, es wird ein Wein sein. Und irgendwann sind alle vergessen. Nur zwei Generationen weit reicht die Erinnerung. Dann werden wir nimmer sein.“

Die metallenen Schälchen der Kerzen klimpern in der Tasche von Mutters Kittelschürze, während sie die Kanne zwischen den Gräbern, Grabsteinen, Einfriedungen den Hang hinaufschleppt. Eine fürs Elterngrab, dann noch eine für das der Kinder.

„Die sind hier gar nicht, ich spüre nichts. Da ist nichts. Alles für die anderen, die Nachbarn, die Dörfler.

Ob die auch glauben, sie tun das meinetwegen, unseretwegen. Meinethalben.

Viel zu eng, zu steil und kein Steig, als ob die Lebenden sich abmühen müssten, um den Toten was nachzuschenken und das ewige Licht am Leuchten zu halten. Oben sitzt die Ruine, schaut nicht, sitzt nur. Immer schon. Hat alles gesehen. Dass die Alten ins Grab gehen. Und die Kinder und die Kindeskinder, wie sie nachschauen. Und wie sie dann selber drankommen. Und irgendwann wieder Platz machen müssen, knöchern gestapelt im Beinhaus. Das macht man heute nicht mehr, aber was macht man dann, wenn die Nachkommenden Platz brauchen? Wo kommen sie hin, die Knochen, welche überbleiben, das wäre eine Frage, ist da auch der Pfarrer zuständig? Eigentlich ist Platz genug, weil sich alles weit unten am Abhang der Ruine drängt, hin zu dem Weg, dem letzten für einen jeden. Auf der einen Seite die Gräber, auf der anderen Seite eine Wiese. Dort liegt keiner. Außer der Grafschaft, die haben ihr Grabmal hier, größer als mein Elternhaus. Sonst keiner. Ihr letztes Hemd hat keine Taschen, aber sie liegen auf Ewigkeit besser. Viel Grün herum und keine Nachbarn. Nur zwei Weiden, sind das Trauerweiden, ich traure nicht, um die nicht."

An den Kaiser denkt Mutter, an die Bilder, als er starb, da war sie selber noch ein Kind.

„Der große Krieg geht verloren und, das hat man damals geglaubt, alles geht unter. Aber es kam wieder ein Sommer, auf der Männerseite der Kirche war viel Platz, doch irgendwann füllte er sich wieder.

Der Kaiser war weg, und der Graf war keiner mehr, aber die Gruft steht immer noch da, und die Ruine auch. „Helden“, schimpft Mutter. „Heldentod. Fürs Vaterland. Stahlhelme liegen neben dem Kriegerdenkmal, so einen hat meiner auch aufgehabt und ein Blumensträußerl im Knopfloch, und gelacht haben sie und sind zum Sterben gefahren. Ich habe keine Helden gesehen, nur arme Hunde. Die Gescheiten haben vorher schon Angst gehabt, weil's wussten, wo's hingeht. Aber selbst die Blöden mussten's einsehen, als sie dann dort waren. Lebensraum. Im Osten. Als ob's hier nicht genug gäb'. Slawische Untermenschen, bolschewistische Bedrohung, jüdische Weltverschwörung. Alles hör' ich noch, das sollten's auf das Denkmal schreiben, das war doch, woran sie dachten. Worüber sie lachten.

Nur wer nichts erlebt hat, erzählt viel. Wer viel gesehen hat, redet wenig. Trinkt Wein und denkt sich sein Teil. Sagen die Mannsbilder. Und sprechen nicht drüber. Was sie gesehen haben. Und was sie getan haben. Das ist ein guter Grund, nichts zu sagen, weil's unsäglich ist. Vergessen haben sie's nicht können, aber darüber reden wollten sie nicht mehr.“

Das kennt Mutter aus eigener Erfahrung. Niemand würde es glauben, keiner, der sie so sieht, wie sie sich mit der schweren Kanne zwischen den Gräbern abmüht. In ihrer geblümten Kittelschürze und mit dem Kopftuch sieht sie aus, aus einer gewissen Entfernung jedenfalls, wie alle alten Weiberleut' in diesem Dorf.

„Aus Burschen werden Mannsbilder, aus Menscher werden Weiber. Der arme Šlupski. Und mein windiger Fidrmuc. Es wär' ja nicht anders gegangen, es hat müssen. Getan werden.“

Sie hätte sich das selber nicht vorstellen können, dass sie zu so etwas in der Lage wäre. Aber dann, als es soweit war, ging's wie von selber. Alles hat sie ganz klar vor sich gesehen, was zu tun war. Da führte kein Weg dran vorbei, es musste sein.

„Alle freuen sich, wenn die Sonne scheint", flüstert Mutter, „nur bei mir wird's inwendig finster."

Kaltblauer Himmel mit stechender Sonne heute, ein erster Frühlingstag genau wie an jenem 20. April 1945, voll mit Versprechen. „Aber das hat sich damals nicht eingelöst, was ich mir selber versprochen hatte. Was vorbei ist, soll ruhen, und wen's nicht betrifft, den geht's nichts an. Weil jeder hat seine Geschichte, aber nicht alle müssen sie kennen. So hab' ich mir das gedacht. Ganz schnell ist dann aus der Befreiung ein Zusammenbruch geworden, ein innerer, weil außen war ja alles intakt. Sonnig und heiter, ich bin wie das Wetter damals, ein Festtagswetter."

Nur dass an jenem 20. April zum ersten Mal seit tausend Jahren kein Festtag war. Keine Beflaggung, keine Blasmusik und keine stimmungsvollen Lieder, stattdessen mitten in der schönsten Mittagsruhe ein schnell näherkommendes Dröhnen, und dann zog das Flugzeug auch schon im Tiefflug über die Dächer des Ortes. Ein schrilles Pfeifen führte zu einem gewaltigen Knall, da war der Flieger schon wieder außer Sicht, und der Lärm des Motors verhallte. Mitten auf dem Marktplatz, der leer in der Mittagssonne lag, klaffte jetzt ein Loch, gut fünf Meter breit und einen tief. Und daneben lag der Winzger Schurl, auf dem Bauch, die Arme nach vorn gestreckt und den Kopf seitwärts gedreht, als würde er am Boden horchen, was jetzt noch kommen würde. Aber es kam nichts mehr. Ein sowjetischer Flieger hatte im Tiefflug über dem Ort die Bombe abgeworfen, die das Loch in den Boden und den armen Winzger Schurl aus dem Leben gerissen hatte.

„Jetzt kommt er, der Russ'“, sagt Mutter, viel zu laut, aber sie ist jetzt zurück im Damals, das sie so gerne stillschweigend weit hinten in einer Schublade verstaut hätte, doch immer wieder ergibt sich ein Auslöser, und die Geschichte schreit ihr von Neuem ins Gesicht.

„Jetzt kommt er, der Russ'“, sagte sie damals, glaubt sie jedenfalls, vielleicht hat sie es auch gar nicht gesagt, nur später als Erinnerung über diesen Tag geschrieben, weil es auf eine unheimliche Weise alles zusammenfasste in der Verdopplung der Bedeutung: Der Russ' kam ins Land, und ein Russ' kam in ihr Haus.

Verstecken, das hatten alle im Dorf gesagt, verstecken muss man sich vor dem Russ', vor allem die *Menscher*.

Und dann war's so weit. Also stand sie auf, ging in die Speisekammer und packte zusammen: Brot und Speck, Zucker, eingekochte Birnen in Gläsern, eine kurze Kette harter Würste, sogar der Schmalztopf wurde in einen Jutesack gesteckt und mit einem anderen, in dem ein Doppler lag, zum Paar verknotet und der Ältesten über die Schulter gehängt. Die Mädchen mussten ihre sieben Sachen selber zusammenraffen, warme Kleidung und die schweren wollenen Überdecken von den Betten. So standen die sechs aufgereiht wie die Orgelpfeifen, alle in Kniestrümpfen und Kittelschürzen, auf dem Rücken den Rucksack, über den Schultern der Proviant.

Die Älteste war bald elf, die Jüngste knapp fünf, dieses Alter war ein Glück, ließ nichts Schlimmes befürchten. Ihr einziger Sohn fehlte, war von der Schule nicht heimgekommen, die Mädchen hatten ihn noch weglaufen sehen, aber Mutter sorgte sich nicht. Zwar war auch er noch ein Kind, aber er hatte einen starken Willen, eine Bestimmtheit in seinem Blick, man konnte schon den künftigen Mann erkennen, wenn man genau hinsah. Er konnte gut auf sich selbst aufpassen, er würde zurück sein, bevor was passierte, oder vielleicht war er schon beim Keller, er wusste ja, dass sie sich alle dort verstecken wollten, wenn es so weit war.

„Da ist der Schlüssel. Ihr geht schon vor in den Keller, ich komme nach", schaffte Mutter an, wandte sich um und sah auf die Schwiegermutter, wie sie da stand in ihren Stiefeln, Hosen unterm Kittel und das Kopftuch im Nacken gebunden, rauchend wie immer.

„Mein Lebtag habe ich mich nicht versteckt, vor niemandem. Also werde ich damit im Alter auch nicht mehr anfangen. Ich bleibe in meinem Haus, setz' mich in die Küche auf meinen Platz und trinke ein Schluckerl. Ich habe im 38er Jahr nicht gefeiert, ich brauch' mich jetzt auch nicht fürchten", sagte die Schwiegermutter, machte aber keine Anstalten, nach Hause zu gehen, sie blieb mitten auf dem Hof stehen, vielleicht, weil es einst ihr Hof gewesen war, als *ihre* Schwiegereltern von hier ins Ausgedingehaus gleich gegenüber auf der anderen Straßenseite gezogen waren. Dann sie, und bald würde ihre Schwiegertochter diesen Weg antreten, weil die Jungen nachkommen und die Alten Platz machen. So ist der Lauf des Lebens. Hier.

„Wo ist Marek eigentlich? Womöglich schon am Heimweg. Erste Gelegenheit, und weg ist er. Aber man kann es ihm nicht verübeln. Tüchtiger Marek, immer brav gearbeitet, nie aufgemuckt."

Mutter hatte das Wort *Zwangsarbeiter* nie gemocht, „unser polnischer Arbeiter" sagte sie immer, wenn die Rede auf ihn kam. Lohn hat er nicht gekriegt, aber: Es war Krieg. Doch ein Bett hat er gehabt. Mit Strohsack. Und ordentlich verköstigt wurde er. Das war auch nicht bei allen so.

Mutter ging in den Stall, wo innen an der Tür die abgetragenen, dürftigsten Kleider hingen. Sie nahm Kittel und Schürze, die Lederweste mit dem Lammfell, den wollenen Kurzmantel und die Wintermütze, *Haub'n* genannt, trug alles hinaus in den Hof und warf es in die Jauchenpfütze, die stets vor dem Misthaufen lag. Mit der fünfzackigen Mistgabel, die an der weißgekalkten Wand daneben lehnte, wendete sie die Kleider in der schwarzbraunen Brühe, sorgsam, damit alles gut getränkt war, hob dann Stück für Stück an, ließ es kurz abtropfen und hängte es zum Trocknen über die Planke, die den Misthaufen vom schönen Hof trennte. „Wenn überhaupt irgendwas, wird der Geruch sie abhalten."

Alle hatten Angst vor dem *Iwan*, wie die deutschen Besserwisser die sowjetischen Soldaten nannten. Man wusste ja, dass sie jeden Tag näher rückten, weil *die Unsrigen* dem Vormarsch kaum noch etwas entgegenzusetzen hatten. Es war bald eine Woche her, dass die letzten Wehrmacht-Soldaten auf Rückzug durchs Dorf gekommen waren, müde sahen die meisten aus, als wär' ihnen die Lust auf den Sieg am End vergangen.

Und dann kamen zwei Verrückte aus der Stadt, der eine nicht einmal in Uniform, die haben herumgeschrien und von Volkssturm und Bollwerk fantasiert, aber es war keiner mehr da, der jung und stark und heldenmutig gewesen wäre, die waren alle längst weg, an der Front, in Gefangenschaft oder sonst wo. Also haben sie die paar alten Bauern, die noch im Dorf waren, und die paar Buben, die zu blöd waren, sich rechtzeitig zu verstecken, gezwungen, mitzumachen. Entweder gleich hier und jetzt erschossen werden oder erst später, wenn der Russ' da ist, draufgehen, so hatten die zwei das angeboten. Nach Blaa wollten sie weiter, dort sollte es eine große Überraschung geben für den Iwan, hörte der *Schuhmacher-Frederl*, als sie ihn nach dem Weg fragten, obwohl es ohnehin nur einen gab, der westlich aus dem Dorf führte, die steinige Straße den Buckel des Saubergs hinauf und dann über den Galgenberg drüber, da würden sie zwischen den Bäumen schon die weite Ebene sehen. Aber dann blieben sie doch in der Nähe. Und gruben sich oben, wo der Wald anfängt, ein. „Hauptsache, nicht im Dorf. Sonst könnte der Russ' am Ende noch glauben, wir hätten was damit zu tun."

Die Fahnen waren alle schon weggeschafft, verbrannt oder vergraben. Die Woche davor hatte Mutter noch mit der Nachbarin auf dem Weg zur Kirche überlegt, ob sie das Rote von den Fahnen abschneiden sollten und so als Bahnen aufheben, aber das kam ihnen dann auch nicht richtig vor. Die Vorstellung, ihre Männer würden heimkehren und sehen, dass das eigene Elternhaus rot beflaggt ist, nach allem, was sie durchgemacht hatten – nein, lieber ganz weg damit.

„Jetzt, wo nichts mehr zu sehen ist von Beflaggung und keine deutsche Uniform mehr hier im Dorf, jetzt", dachte sich der *Schuhmacher-Frederl,* „ist's auch für mich Zeit abzulegen, das Abzeichen und die Armbinde, nach all den Jahren, wo ich sie tagaus, tagein getragen habe." Er hatte schon damals, vor der Abstimmung, seine Bestimmung zu etwas Großem, Außergewöhnlichem verspürt. Von daher war es ganz natürlich, dass er Blockleiter wurde. Das steife Knie hat ihn vom Feldzug gegen die Bolschewiken abgehalten, das hat ihm immer leidgetan, weil er gerne ein paar Rote – kennengelernt hätte. „Jetzt wird's also doch noch dazu kommen, zwar nicht im Osten, wo das Land billig und die Leut' minder sind, sondern hier, wer hätte das gedacht, bei uns zu Hause in Frankenhayn die Russen." Das konnte sich der *Schuhmacher-Frederl* noch immer nicht vorstellen, dass die Roten hier bald das Sagen haben würden.

Mit seinem Bein hatte er sich schon lange versöhnt: Er hinkte, ja, und war deshalb zum Wehrdienst nicht zugelassen, aber auch andere Männer im Reich hinkten und haben Großes vollbracht. Für ihn, Blockleiter Schuhmacher, war dies ein bedeutungsvolles Zeichen für eine gewisse Verwandtschaft mit dem Propagandaminister.

Er stand auf der Straße vor seinem Haus und blickte auf die Frauen und Kinder, die bepackt Richtung Kellergasse zogen. „Wie die Ratten, die spüren auch, wenn's aus ist. Und dann verkriechen sie sich." Aber er nicht, nicht er, Blockleiter Schuhmacher. Er wollte zurück ins Haus, den grauwollenen Stutzer anziehen, den Karabiner und Munition nehmen und hinaufhumpeln zu den anderen in den Wald beim Galgenberg. Einmal muss es ja aus sein, und es wird nicht das Schlechteste sein, vorher noch ein paar Rote abzuknallen. In der Kredenz, oben neben dem Zucker steht der Slibowitz, den wollte er mitnehmen, das konnte nicht schaden, wenn man die ganze Nacht draußen war, im Wald. Und ein Schluckerl jetzt gleich, das konnte auch nicht schaden, weil: Ein bisserl leid tat er sich schon. Um sich auf andere Gedanken zu bringen, dachte er an den Winzger Schurl, und da musste er grinsen: „Dass gerade der – der Einzige im Dorf, der selbst am 20. April nie beflaggt hatte – von einer kommunistischen Bombe am letzten Tag vor dem Zusammenbruch umgelegt wird, da muss die Vorsehung etwas gewusst haben, von dem unsereins keine Ahnung hatte."

„Kapitan Šlupski mein Name", er deutete ein Kopfnicken an, blieb aber sitzen. Auf ihrem Stuhl, in ihrer Küche. Ein Russe in Mutters Haus. „Sie stinken grauenhaft. Bitte. Ziehen Sie sich um. Und setzen Sie sich zu mir. Ich will mit Ihnen reden." Er musste ins Haus gekommen sein, als Mutter im Kuhstall hinter der Tür die jauchegetränkten, schon fast wieder getrockneten Überkleider angezogen hatte. Einmal noch wollte sie zurück ins Haus, nachsehen, ob der Bub vielleicht doch zurückgekommen war, sich im Haus versteckt hatte, bevor sie sich auf den Weg zu den Mädchen in den Keller machte. Und dann saß dieser Soldat da, seine Kappe mit dem roten Stern lag mitten auf dem Esstisch.

„Meine Großmutter ist Schlesierin, aus Jägerndorf. Sie bestand darauf, dass wir Deutsch lernten. Die Sprache Goethes. Sie kennen Jägerndorf nicht? Aber Sie kennen Lundenburg. Und ich suche Fidrmuc. Den kennen Sie auch nicht? Sie werden sich wieder erinnern, wird Ihnen wieder einfallen, ganz sicher."

Sie betrachtete konzentriert die goldglänzenden Knöpfe seines Hemdes, zählte sie von oben nach unten, zwei an der Kragenleiste, dann eins, zwei, drei und wieder zurück. Das gab ihr Halt. Und sie konnte besser ruhig bleiben, wenn sie dem Mann nicht in die Augen sah.

„Das hier ist nur Verkleidung", sagte Šlupski, „Ich bin kostümiert als Kapitan der *Rabotsche-krestjanskaja Krasnaja armija*. In Wahrheit aber bin ich Lehrer. Deutsch und Geschichte. In Proskurov. Am St. Georg-Gymnasium. Wussten Sie, dass Fidrmuc zurück in Lundenburg war? Wir wissen nicht, was er in seiner alten Heimat wollte. Und als wir endlich kamen, war er nicht mehr da. Gerade weggegangen, hat sein Nachbar gesagt. Er weiß, dass ich ihm auf den Fersen bin.

Schon bemerkenswert: Was von den Deutschen noch übrig ist, tritt uns entgegen. Nur Fidrmuc nicht, der läuft in die andere Richtung. Hat es noch eiliger, nach Berlin zu kommen als wir. Kann uns aber nicht überholen, ohne bemerkt zu werden. Also muss er versteckt hinter den Besatzern seines Landes heimkehren. Ein Parasit, finden Sie nicht? Würden Sie sagen, mehr Wanze oder Zecke?

Wo könnte sich der kleine Blutsauger verstecken, jetzt, wo Lundenburg sowjetisch ist? Da sind mir Sie eingefallen, wo Sie doch so eine schöne Zeit mit ihm hatten, in diesem Sommer in Lundenburg, vor – ja, wann war das nochmal, im '36er Jahr? Weit ist es ja von hier nicht, die 25 oder 30 km geht einer wie Fidrmuc locker in ein paar Stunden.

Entweder ist er schon hier, dann sind Sie die beste Heuchlerin, der ich jemals begegnet bin. Oder aber er kommt erst, dann will ich auf ihn warten. Mit Ihnen. Darf ich Sie zum Abendessen einladen? Ich besorge Schweinefüße. Oder Kopf. Oder ein Teil dazwischen. Ich bringe auf jeden Fall etwas, Sie kochen und wir reden. Über Ihre schöne Zeit in Lundenburg. Mit dem schönen Fidrmuc."

Schwiegermutter kam, ohne den sowjetischen Offizier eines Blickes zu würdigen, in die Küche geschlurft, schob Mutter beiseite, um besser zur Kredenz zu gelangen, nahm den weißen Doppler heraus und stellte ihn nebst zwei Schnapsgläsern auf den Tisch. Sie ließ sich schwer auf einen Stuhl fallen, während Mutter einschenkte, dann ein Glas zum Kapitan, das andere zur Schwiegermutter schob.

„Unsere Männer sind nach Russland gegangen, und jetzt sind die Russen bei uns. Verkehrte Welt. Trinken wir ein Glaserl, Herr General?"

„Kapitan, mehr kann ich nicht. Und Sie sind – die Mutter?"

„Schwiegermutter, mehr kann ich nicht." Sie hob das Glas, und ohne Šlupski anzublicken oder ihm gar zuzuprosten, kippte sie es. Šlupski zog nach.

„Sind alle Nazis hier im Dorf, um die Frage gleich zu beantworten. Jetzt natürlich nicht mehr, aber solang es aufwärts ging, schon. Die Fahnen und Bilder haben's alle verbrannt. Und die Orden, Mutterkreuze und Parteiabzeichen, das alles liegt am Mist. Da gäb's auch Waffen zu finden. Es müssten halt Ihre Roten jeden Misthaufen im Ort umgraben. So ist das bei den Nazis. Was glauben Sie denn, wo deren Lieblingsfarbe herkommt?"

„Ich habe Wichtigeres zu tun. Den Krieg sollen die Genossen gewinnen. Ich suche nur einen alten Bekannten. Ihrer Schwiegertochter genau genommen. Die Tschechen hätten ihn gerne. Und wir haben auch ein paar Fragen an ihn."

„Und erschießen wollen Sie niemanden? Die Unsrigen haben das immer so gemacht. Zuerst Flugzeuge, dann Panzer. Zum Schluss kommen die Fußsoldaten, die erschießen ein paar Leute im Dorf. Ich hab' es selber gesehen, auf den Fotos, die sie in den Taschen hatten, wenn sie auf Fronturlaub waren."

„Haben Sie von Proskurov gehört? Ist wahrscheinlich zu weit weg. Und unbedeutend, keine besondere Schönheit. Vom Schicksal hart geschlagen. Eigentlich polnisch, aber irgendwann entdeckten es die Russen und blieben. Über hundert Jahre. Dann kamen die Roten. Und weil die Kosaken gegen die Roten nicht ankamen, nahmen sie sich die Juden vor, auch in Proskurov. An einem Wintertag trieben sie alle zusammen und hackten, ganz altmodisch, mit Säbeln auf die Leute ein, bis sie tot waren. So schafft man nicht viele, etwas über anderthalbtausend an diesem Nachmittag. Fünfundzwanzig Jahre später kamen die Deutschen und ihre Freunde. Die waren wesentlich besser organisiert. Und sie haben das gründlich gemacht, sich Zeit genommen. Nach ein paar Tagen waren 17.000 Juden tot. An offenen Gruben haben die Deutschen sie aufgereiht antreten lassen. Genickschuss, vorn über in die Grube kippen, nächste Reihe antreten. Und so weiter. Davon haben Sie nie gehört? In der Ukraine gibt es viele Provinzstädtchen wie Proskurov. Überall hat sich Ähnliches zugetragen. Bitte denken Sie daran, wenn gelegentlich einer der Genossen in diesen Tagen die Beherrschung verlieren sollte. Es ist ja noch nicht einmal vier Jahre her. Da ist die Erinnerung noch sehr lebendig."

Von der Gasse waren Motorengeräusche zu hören, die rasch näherkamen, vorüberzogen – das mussten die Lastwägen der Roten sein, viele, einer nach dem anderen fuhr vor dem Haus vorbei Richtung Galgenberg.

„Da sind sie ja, die Genossen. Keine Sorge, die bleiben nicht, wenn sie nicht müssen. Die wollen nach Blaa, dort werden sie erwartet. Ich möchte auch nicht allzu lange bleiben. Übrigens, ich habe Marek kennengelernt. Sie wissen, dass er sich hier im Haus am Dachboden versteckt hat? Ich hatte schon gehofft, aber: leider, nein, kein Fidrmuc. Nur Marek, Ihr polnischer Zwangsarbeiter. Der sich vor seinen Befreiern fürchtet. Und lieber bei seinen Feinden bleibt. Noch."

Allein schon weil Zigarettenrauchen Männersache war, rauchte Schwiegermutter. Und zwar nicht nur jetzt, hier in Mutters Küche mit Kapitan Šlupski, sondern ständig, ohne Unterbrechung, bis sie abends die Augen schloss. Und morgens, noch vor dem Öffnen, tastete sie über den Nachttisch, bis sie die Schachtel und die Zündhölzer gefunden hatte. Genoss es, sich mit geschlossenen Augen die erste anzustecken, weil die erste war die beste des ganzen Tages.

Und nie ging sie ohne Kopftuch aus dem Haus, sonntags schwarz mit kleinteilig hellgrauem Muster, wochentags taten es die abgelegten Sonntagstücher, grau verblichen, immer klein gemustert. Aber niemals unterm Kinn gebunden, immer nach hinten am Übergang von Haupt zu Nacken. Keine Haarsträhne war zu sehen – außer ein kleines Stück von grauem Ansatz oberhalb der Stirn.

„Alle glücklichen Menschen haben einen Bauch, einen dicken“, sagte Schwiegermutter und strich den Kittel über ihrem Bauch glatt, ohne die Zigarette aus dem Mund zu nehmen. Dort steckte sie stets, von gelegentlichem Paffen kurz angehoben, unberührt, bis die Glut fast schon die Lippen erreicht hatte. Dann nahm Schwiegermutter den Stummel zwischen spitzen Mittelfinger und Daumen der Linken, hob das Glas an den Mund und angelte, nach geräuschvollem Schlucken, eine neue Zigarette aus der Packung in der Tasche ihrer Kittelschürze, pflanzte sie sich zwischen die Lippen und zündete sie mit dem letzten glimmenden Rest der vorherigen an.

„Das Beste an den Zigaretten ist, dass sie sich so gut mit dem Wein vertragen. Ein Tschigaretterl, ein Glaserl. Das bilanziert sich perfekt.“ Ja, Schwiegermutter hatte einen Sinn für Perfektion, wenn es auch nicht immer einfach war, diese Balance zu halten, vor allem nicht an jenen langen Tagen, an denen Karten gespielt wurde. Eine Zweilitrige, zwei Aschenbecher und vier Gläser auf den Tisch: „Auf'deckt ist, wird Zeit, dass sie kommen.“ Sie, das waren *Hochwürden*, der *Herr Doktor*, der alte *Schuhmacher-Frederl* und der *Herr Bürgermeister*. Und

heute? Einer gefallen, der andere demnächst. Und der Wein ist auch aus.
„Spielen Sie Tarock, Herr Kapitan?"
„Bei uns ist derzeit Durák beliebter."

Aus dem versprochenen Schwein ist nichts geworden, Kapitan Šlupski blieb einfach sitzen und rauchte, trank Schnaps und wartete. Irgendwann stand Schwiegermutter auf, ging über die Straße in ihr Haus, um Rauchfleisch aus der Speisekammer zu holen. Das würde, in dünne Scheiben aufgeschnitten, kalt zu frisch gekochten Kartoffeln gegessen werden. Weil für Kartoffelsalat war jetzt nicht Zeit, wenn er doch schon bald wieder gehen musste, der Herr Kapitan.

„Wussten Sie, dass *Kartoffel* als Wort auch im Russischen gebraucht wird?"

„Bei uns heißen sie Erd-Äpfel."

Zischend flammte der Schwefel des Zündholzes zwischen Mutters Fingern auf, Borke und Reisig warteten schon im Ofen auf die Flamme.

„Was die Mutter Ihres Mannes wohl zu Ihrem Abenteuer mit Fidrmuc in Lundenburg sagen würde? Verstehen könnte sie es womöglich, sie war ja auch einmal jung. Eine elegante Erscheinung war er, Ihr Fidrmuc, das kann man nicht von allen Illegalen behaupten. Ja, ein Mann der ersten Stunde, das wussten Sie auch nicht? Na, es wird Sie auch nicht sonderlich interessiert haben. Es war wohl kaum das Politische, das Sie beide verbunden hat. Nicht?"

Šlupski stand auf, nahm seine Kappe, griff nach dem farblosen Doppler und ging zur Tür.

„Sie sollten nach Ihren Kindern schauen. Und ich nach Ihrer Schwiegermutter: Ob das Essen schon am Tisch steht?"

„Müssen wir jetzt auf immer im Keller bleiben?", fragte die Jüngste. An einem Zipfel ihres Sacktuchs kauend, saß sie auf der improvisierten Bettstatt aus schweren Holzkisten, die sonst je sechs Doppler aufnahmen, jetzt waren sie auf den Kopf gestellt, aneinandergeschoben und mit Decken und Kissen belegt.

„Nur für heute Nacht. Und vielleicht noch ein paar Tage. Bis der Krieg vorbei ist. Jetzt kommen fremde Soldaten. Wenn sie weg sind, gehen wir wieder nach Hause. Bald ist Sommer. Deine Schwestern bleiben bei dir. Nichts wird dir geschehen. Du musst nur ruhig sein. Und brav schlafen. Morgen ist ein neuer Tag. Alles wird gut. Mach die Augen zu. Und denk' an was Schönes", sagte Mutter und überlegte, ob sie den Eingang vom Presshaus in die Kellerröhre verrammeln sollte. Tische, Bänke, den Bottich, sie könnte alles zusammenschieben und vor der Tür verkeilen. Aber das würde den Russen erst recht stutzig machen. Sie würde besser die schwere Kellertüre, den Zugang von der Straße zum Presshaus wie üblich versperren – das dicke Holz, die beiden geschmiedeten Schlösser, das wäre schwer aufzubrechen.

„Und überhaupt, wenn die alle Keller – wie viele waren sie eigentlich? Die werden doch nicht alle Keller aufbrechen, das würde den Russen viel zu lang aufhalten, die haben doch Wichtigeres vor, nach Blaa wollen sie, dort sind die Deutschen. Bei uns ist nichts, nichts zu finden außer Kinder und Mütter. Und Wein, viel Wein." Jetzt kamen ihr solche Gedanken, gerade jetzt.

„Es ist wie ein Wetter, ein schweres. Wenn's kracht, kriegt man Angst. Aber bald ist es vorbei. Und hier kann euch nichts geschehen. Da ist die Tasche, Brot und Speck. Und Birnenkompott", sagte Mutter zu ihrer Ältesten, „du schaust drauf, dass alle gut essen. Hinten zwischen den Fässern steht ein Blechkübel, das ist der Abort. Ich gehe jetzt den Buben holen." Groß blickten sie die Mädchenaugen an, nachfragen trauten sie sich nicht, und widersprechen erst recht nicht.

„Was immer passiert, ihr macht keinen Mucks. Bis ich wieder da bin."

Grußlos wandte sie sich von ihren Töchtern ab, ging die leicht ansteigende Kellerröhre zum Presshaus hinauf, spürte die Hoffnung hinter ihr, sie würde sich noch einmal umdrehen, zum Abschied winken, aber dafür war jetzt nicht der richtige Moment.

„Das ist kein Abschied, nein. Bald bin ich wieder da. Es geht wie immer. Einen Fuß vor den anderen. Dann rechts, durch den Durchbruch zur großen Röhre, und wieder links, hinauf zum Presshaus", sie schloss die Türe zur Kellerröhre hinter sich und drehte den Schlüssel im Schloss.

„Wie das Burgfräulein in der Sage. Vom Schwedenkrieg. Nur war das Fräulein selbst drin, ich aber sperre meine Kinder ein. Kindisch, dass mir das jetzt einfällt, mit dem Burgfräulein. Aber so ist das mit den Gedanken. Wie die Fliegen, man muss sie verscheuchen, sonst kann man keinen klaren Kopf behalten. Schauen muss ich, ob der russische Offizier schon wieder da ist. Wenn nicht, dann warte ich, im Haus, bis er wiederkommt. Er hat ja gesagt, er wird wiederkommen. Und ich werde sagen, von einem Fidrmuc weiß ich nichts. Aber mein Sohn ist fort. Ob er mir suchen hilft? Er ist ja noch klein, dem werden sie nichts antun. Ich schenk' dem Russen eine Sau. Zum Dank. Und eine Flasche Schnaps. Alle Flaschen, die wir im Haus haben. Sie sollen die Sau schlachten und sich besaufen. Ich geh' mit dem Buben zu den Mädchen. Und wir halten aus im Keller. Das wird nicht lang dauern. Die müssen doch weiter. Was ist schon Frankenhayn, wenn man Berlin haben kann. Dort müssen sie hin."

Mutter öffnete die schwere Tür, die das Presshaus zur Kellergasse hin abschloss, und spähte hinaus. Nichts. Niemand zu sehen, nichts zu hören, außer einer Taube, die völlig gleichgültig gegenüber den Ereignissen ihr Gru-Gru in den Abendhimmel schickte. Sie nahm den alten Stutzer, der stechend nach Jauche roch, vom Haken, drückte sich hinaus und sperrte die schmiedeeisernen Schlösser ab.

Das Haus war dunkel. Und still. Sie hatte die Dorfstraßen gemieden, sich gleich rechts vom Keller über den Mannberg-Hügel hinten herum bis zum Haus geschlichen, und jetzt stand sie da in ihrem Gemüsegarten, ihrem lieben Gartl, und spähte wie eine Diebin auf ihr eigenes Haus. Kein Grunzen aus dem Saustall war zu hören. Vielleicht hatte der Bub sich ja im Haus versteckt. Oder der Russe. Und saß in der dunklen Küche und wartete auf sie. Sie würde das Vieh füttern, schnell, den Schweinen Weizenschrot in den Trog kippen, den Hühnern die Stalltür aufmachen, die finden morgen, was sie brauchen. Das Pferd, den Maxl, hätte sie fast vergessen. Sie ging durch den Holzschuppen, der den Garten vom Haus wie ein Vorposten trennte, und trat in den Hof. Das Tor zur Straße stand offen, genauso wie alle Stalltüren. Im ersten Arkadenbogen der Treppe saß ein Huhn, allein. Sonst waren alle weg. Keine Sau mehr da, auch das Pferd davon. Keine Spuren, nichts verwüstet, als ob die Tiere sich selbst den Ausgang erlaubt hätten. Schreien hätte sie wollen, als sie die Treppen hinauf rannte. Die Tür zum Vorhaus stand offen, die Küche schien unberührt, die Betten in der Kammer lagen aufgeschüttelt da, wie sie sie zurückgelassen hatte. Aber wo ist der Bub? Tick – tack machte die Pendeluhr. „Es ist alles wie immer", sagte sie sich, „einen Fuß vor den anderen! Nur wohin, wo kann er sein?"

Von weit her war ein Knall zu hören. Die Jagd, jetzt? Dann viele Schüsse, eine Treibjagd, ganz regelmäßig getaktet, ein rasend schnelles Perpendikel der Explosionen.

„Verrate mir ein Geheimnis. Was ist dein größtes Geheimnis?", hatte ihr Bub sie damals gefragt, voller Begeisterung über seine Idee. „Du hast doch auch Geheimnisse, alle Menschen haben Geheimnisse."

„Also gut", hatte Mutter geantwortet, „ich verrate dir eines, aber nur ein einziges: Es gibt einen geheimen Ort, den niemand kennt. Außer mir. Eine Höhle. Mit geheimem Eingang."

Und dann waren sie hingegangen, der Kleine zappelnd vor Aufregung, ziehend, drängend, er hatte es eilig gehabt, das Geheimnis zu entdecken, rauf auf den

Hügel nördlich des Dorfs und weiter zu den Kalkklippen des Höhlensteins. Angekommen, hinaufgeklettert zwischen zwei Felszacken, zehn oder fünfzehn Schritte über das Plateau dahinter, durch den schmalen Spalt gekrochen und endlich drin in der Höhle, beleuchtet von einem zwischen Mutters Fingern abbrennenden Zündholz. Bevor das erste so weit niedergebrannt war, dass es weh tat, hatte sie schon das nächste daran entzündet. So ging das ein paar Hölzchen lang, dann hatte der Kleine gesagt, dass er sich das alles größer und irgendwie schöner vorgestellt hätte. Und er nicht glauben würde, dass das hier ihr größtes Geheimnis wäre. Sie hatte gelacht und gesagt: „Ja, eines Tages, wenn ich von euch allen genug habe, dann gehe ich weg und verstecke mich hier und keiner wird wissen, wo ich bin. Außer dir. Weil es jetzt unser gemeinsames Geheimnis ist.“

Sie hatte den Film ihrer Erinnerung während des Aufstiegs zum Höhlenstein mehrfach ablaufen lassen, auf der Suche nach winzigen Zeichen, die sie bislang vielleicht übersehen hatte. Der Bub. Die Höhle. Dass er dort. Untergeschlüpft. Auf sie wartete. Ja, das war ihre Hoffnung.

Endlich oben angekommen, lehnte Mutter am Felsen neben dem Höhleneingang, um zu lauschen. Aber sie hörte nur das ferne Brummen der Lastwagenmotoren. Eine unheimliche Prozession unbeleuchteter Fahrzeuge. Während die ersten sich schon den Berg am Westende des Dorfes hinaufmühten, befand sich das Ende der Kolonne noch weit vor der Ortseinfahrt im Osten. In dieser mondlosen Nacht konnte man sie nicht sehen, so aber wurde das, was es zu hören gab, noch beängstigender. Und dann hörte sie noch etwas anderes. Leise zunächst, sie war sich nicht sicher, ob sie sich nicht doch getäuscht hatte, aber, nein. Sie hörte das Klackern von Steinen, als würde Schotter weggeschoben. Dann das Knirschen von Schritten. Da musste jemand aus der Höhle kommen. Eine plötzliche Übelkeit und das Gefühl weiter Leere in ihrem Magen quittierte: Das war kein Kind, das war nicht ihr Bub. Sie hielt den Atem an, drückte Rücken und Kopf hart gegen die Felswand, als ob sie das unsichtbar machen könnte. Ein Mann trat ins Freie, hielt einen Moment keine zwei Meter von ihr entfernt, und ging dann, ohne nach rechts oder links zu schauen, weiter nach vorne an die Kante des Plateaus.

Die schlanke Statur, der federnde Gang, eine katzenhafte Anmutung. Das könnte. Dann der Geruch, und es war eindeutig. Ledrig, mit einer süßlichen Note. Sie hatte ihn oft damit aufgezogen, ob er wohl gerne Damenparfum auflege, und er hatte immer erwidert, mit dem ihm eigenen Hang zur Übertreibung: „Aber nein, das ist der Duft meines Leibes. Die Leidenschaft für dich macht mich süß duften." Sie musste schmunzeln, noch immer, schon wieder.

„Was machst du hier, Fidrmuc?", flüsterte sie. Es riss ihn herum, einen Moment lang stand er ganz starr da, dann kam er auf sie zu, so nah, dass sich ihre Körper fast berührten, blickte sie an und sagte mit gedämpfter Stimme: „Das könnte ich dich wohl auch fragen."

„Ich suche meinen Buben, dich aber suchen die Russen."

„Deshalb bin ich ja hier, im allergeheimsten Versteck auf der Welt."

„Aber wo kommst du denn her, wo willst du hin?"

„Ich hatte noch eine Kleinigkeit zuhaus' in Lundenburg zu erledigen, bevor die Roten kommen. Allerdings waren sie schneller als befürchtet. Wer hätte gedacht, dass die Deutschen so rasch nachgeben? Und davonlaufen? Jetzt muss ich ihnen nachlaufen. Ist das nicht lustig: Alle laufen vor den Russen davon, nur ich renn' ihnen nach."

„Sei nicht kindisch. Ein Sowjet-Offizier will dir an den Kragen."

„Der liebe Šlupski. Ein Ostjude, der an bessere Zeiten glaubt. Mit ihm spiele ich schon eine ganze Weile Katz und Maus."

„Aber was hast du denn getan, dass der Russ' hinter dir her ist?"

„Nicht viel. Ich war eine Art Bote, Überbringer von Nachrichten. Manchmal, wenn es keine neuen gab, musste ich welche erfinden. Und dann wieder, wenn man mir falsche Nachrichten gab, ließ ich sie verloren gehen. Also auch so eine Art Katz-und-Maus-Spiel, nur halt mit größeren Kalibern."

„Wenn sie dich kriegen, werden sie dich an die Wand stellen."

Fidrmuc war immer schon ein Windbeutel gewesen, dachte Mutter, unzuverlässig, immer heiter plaudern, aber sich niemals in die Karten schauen lassen, ein Hallodri, so hatte sie ihn damals genannt. Und doch hatte sie ihn nicht lange knien lassen in jenem Sommer in Lundenburg. Sie hatte gewollt – was eigentlich? Gar nicht ihn selbst, sondern vielmehr etwas, das seine Gegenwart in ihr ausgelöst hatte. Eine Leichtigkeit, die sie immer schon in sich vermutet, aber noch nie zuvor gefunden hatte. Lust auf Lust und noch mehr Lust. Die Arbeit des Tages hatte sie völlig übermüdet, aber dennoch gut gelaunt erledigt – Krawatten, Manschettenknöpfe und anderen modischen Krimskrams in dem kleinen Laden am Hauptplatz verkauft, die Anprobentermine zwischen Kundschaft und Schneiderei, die im Hinterzimmer des Ladens lag, vereinbart, alle Einnahmen im Buch vermerkt und die Kassa bewacht. Und sich gefreut auf den Abend, der Fidrmuc brachte. Ihr brachte. Mit einem kleinen Sträußchen Blumen. Oder einer Flasche Sekt. Und einer heiteren Geschichte. Gefreut auf das viel zu große Bett in der kleinen Dachkammer. Und den nackten Hallodri, an dem sie sich hinaufwinden konnte in bis dahin unbekannte Höhen. So ging das wochentags, am Wochenende musste sie heim nach Frankenhayn, wo ihre Zukunft ausgerollt dalag wie der Läufer im Vorhaus ihrer Schwiegereltern. Zukünftigen Schwiegereltern. Der Verlobte, das Haus, die Wirtschaft. Sie musste nur auf die Alten schauen, um zu sehen, wo ihr Leben hinführen würde. Weingärten, Vieh, Keller, alles war zu sehen. Nur die Kinder, die sie haben würde, die hatten da noch keine Gesichter. Von Montag bis Freitag in Lundenburg, da gab es keine Zukunft. Nur das Hier und Jetzt. Sein. Leben.

Unter einem Glassturz war all das im Schrein der guten Erinnerungen verwahrt, dann und wann hervorgeholt und mit einem warmen, wohligen Gefühl betrachtet. Es war einmal und es war schön.

„Du warst immer –“, setzte Fidrmuc an, doch Mutter legte ihre Hand auf seinen Mund. Ein metallisches

Schleifen, das in einem scharfen *Klack!* endete, kam durch die Dunkelheit, und man musste nicht viel von Waffen verstehen, um zu wissen, das war das Durchladen einer Pistole.

„Bedaure, das Tête-à-Tête stören zu müssen. Aber Herr Fidrmuc wird erwartet."

Sie erkannten beide Kapitan Šlupskis Stimme. Fidrmuc blickte Mutter noch immer in die Augen, dann packte er sie hart an der Taille, riss sie herum und warf sie in die Richtung, aus der die Stimme gekommen war. Šlupski stolperte rückwärts, Mutters Körper abwehrend, fiel. Er war gerade dabei, sich wieder aufzurappeln, als Fidrmuc auf ihn zusprang und ihm seine Rechte mit voller Wucht in den Bauch rammte. Šlupski hielt inne, schien einen Moment unentschlossen, drückte dann ab, ohne die Pistole gegen den Angreifer zu richten, und ging rücklings zu Boden. Mutter saß zwei Armlängen von den Männern entfernt, blickte auf Fidrmuc, der quer über Šlupski lag und noch einmal zustieß. Als er wieder aufkam, hielt er in seiner Linken Šlupskis Pistole, in der Rechten glänzte etwas silbern.

„Du. Hast mich –"

„Uns bleibt nicht viel Zeit. Ich lasse Decken und Rucksack hier, sie werden mein Zeug in der Höhle finden und glauben, Šlupski habe einen Deutschen aufgespürt, sei aber überwältigt worden. Niemand wird auf dich kommen, keiner hat dich hier gesehen." Er streckte ihr das Glänzende hin, es war ein Messer ohne Heft, die blanke Klinge, hinter dem Knebel statt eines Griffs nur ein flacher Stab. Er nahm ihre Hand und legte das Messer hinein, schloss ihre Finger darum und ließ seine linke Hand noch einen Moment darauf liegen. Dann wandte er sich wortlos ab, ging die paar Schritte übers Plateau, kletterte behände über den Felsen, und weg war er. Sie blickte auf die Klinge in ihrer Hand, unter einer Blutschliere war die Gravur zu erkennen: *Blut und Ehre*. Šlupski stöhnte, aus seinem Mundwinkel kam dunkler Schleim, seine Augen hielten den Blick geradeaus in den Himmel gerichtet, als würde er ferne Sterne sehen, wo doch nur Schwarz war.

Mutter hatte sich in all den Jahren nie gefragt, warum Fidrmuc sie da allein gelassen hatte, warum er es nicht selbst zu Ende gebracht hatte, wo doch alles ihm gegolten hatte, sie bloß in Geiselhaft genommen worden war. „Mit dem Leben ist es wie mit dem Wetter", sagte sie sich, „man muss es nehmen, wie es kommt."

Sie kniete sich neben Šlupski und tastete mit Zeige- und Mittelfinger über seinen Hals. Jetzt sah sie alles klar und ruhig. Die Mädchen waren sicher im Keller, der russische Konvoi zog vorüber, der Bub hatte sich nur versteckt, der Krieg war bald aus, Vater würde heimkehren und das Leben weitergehen. Diese üble Zeit würde ihnen wie ein Albtraum scheinen, mit den Jahren kleiner werden und irgendwann am Horizont verschwinden. Es gab nichts zu überlegen, weil es die einzige Möglichkeit war. Deshalb musste es getan werden. Im Grunde war es auch nicht anders als beim Abstechen. Und so starb Šlupski.

Heimgehen

„Das meiste vergisst man, doch manches behält man, ganz frisch, als wär's ein Bild im Album der Erinnerung." Die dunklen Wolken bauen sich auf zu einer Wand, einem Gebirge, das einen riesigen Schatten wirft auf das Dorf, eine kühle Prise schickt, und die Vögel verstummen. Seltsame Stille, etwas Großes steht bevor, das ist zu spüren. Vater nimmt die Tasche, die Brotzeit noch eingepackt, und gesetzten Schrittes geht er zum alten Hüterhäuschen, das mitten drin im Weingarten steht, klein wie ein Kinderhaus, das Dach zwar mit richtigen Tonschindeln gedeckt, die Wände bloß aus ergrauten Holzbrettern, ein Fenster ohne Glas als kleiner Ausguck, die Tür hängt kaum noch in den Angeln.

„Dableiben, bis es vorbei ist. Lang wird's nicht dauern. Aber den Wein wird's ruinieren, das Eis", so lebendig wie in einem Spiegel kann er sich sehen, als Kind sitzend in diesem Häuschen mit seinem Großvater, weil er lernen sollte, wie das geht, den Weingarten hüten. Die Vögel fernhalten von den Trauben. Schauen, dass niemand auf die Idee kommt, was mitzunehmen von den Trauben. Wie man die Peitsche über die Rebstöcke schwingt, dass es knallt, rechtzeitig, bevor der Vogelschwarm sich niederlässt, aber auch nicht zu früh. Und das Horn, Ochsenhorn, Signalhorn, unmöglich für einen Bubenmund, da einen Ton rauszukriegen. Über die Flinte kein Wort, warum hier, wozu da. Dann kommt ein schweres Wetter, und er sitzt am selben Ort im selben Hüterhäuschen, schaut durchs selbe leere Fensterl und sieht, wie sich die Wolken bauschen, um sich selber drehen, sich selbst verschlingen und davon immer dicker werden.

„Mehr als aushalten ist nicht zu machen, nie. Wenn das gelingt, ist alles getan. Das gilt fürs Wetter wie fürs ganze Leben, im großen Ganzen ist nichts zu ändern, man versucht es, scheitert, versucht es wieder. Je früher man sich selber zugibt, dass nichts zu machen ist, und aufhört, sich zu wehren, desto leichter ist das Leben." Sein Urgroßvater hatte ihm damals, als er noch ein Kind war, von den Franzosen erzählt, als sie hier waren, auf Durchmarsch, ganz andere Soldaten als die *unsrigen*, nicht nur wegen der Sprache, sie hatten auch andere Ideen: Weil der Hagel den Wein ruiniert, wollten sie das Wetter erschießen, ja, mit Kanonen. Drei Batterien standen dort drüben und haben gewartet, wie die Wolken sich überm Galgenberg türmten, so wie jetzt.

„Schau", sagt er zu sich selber, wundert sich kurz und zuckt dann mit den Schultern sein Erstaunen weg, „schau, jetzt geht's los."

Die Wolkenwand drückt, einzelne Wolken rollen, bäumen sich auf und brechen unter größeren, neuen Wellen. Der graue Schatten wird gelb, bedrohlich, und schiebt sich über die Senke, erreicht seinen Weingarten, das Lüftchen bläst sich auf, zuerst böig, tastend, was das Hüterhäuschen und die Gärten aushalten, dann kräftiger, aufbrausend zu einem gewaltigen Sturm, der hart an den zu Zeilen gefassten Weinstöcken rüttelt. Der Unterstand ächzt, die Dachziegel klappern, Vater blickt aus der fensterlosen Öffnung. Und endlich ein Blitz, knallender Donner, nochmals, doch kein Regen fällt. Wie geschossen rasseln kleine, strahlend weiße Schneekügelchen auf die grünen Weinblätter, den trockenen Boden überziehen sie mit einer weißen Haut, die Klumpen werden größer und trommeln hart aufs Dach. Vater nimmt eine Schachtel aus der Hosentasche, holt eine Zigarette heraus, zündet sie an und zieht, mehrmals, die Glut leuchtet rot auf in seinem Gesicht. Und niemals bläst er den Rauch wieder aus, der verschwindet in seiner väterlichen Autorität, absorbiert vom Vaterkörper. Er nimmt die Zigarette vom Mund, wie immer zwischen Daumen und Zeigefinger, und streift die Asche mit dem kleinen Finger derselben Hand von der Glut, zärtlich.

Das Trommeln wird schwächer, die weiße Wand lichtet sich und gibt den Blick frei auf die Senke vor dem Hüterhäuschen, die jetzt verwandelt daliegt, weiß bedeckt, eine Winterlandschaft mitten im Sommer. Die Eiskugeln sind größer als Eier, gefrorene Schneebälle, dazwischen das gebrochene Grün des Weins. Wo eben noch das üppig im Saft stehende Laub die Reben, Stöcke bedeckte, stehen jetzt dürre Ästchen.

„Die Franzosen haben's Wetter nicht aufhalten können, damals. So wenig wie die Kerzerln im Fenster und das Glockenläuten in der Kirche. Nix kann man machen, als wieder von vorn' anfangen. Immer wieder. So lang, bis' aus ist. Aushalten, doppelt: den Verlust aushalten. Und an der Stelle aushalten, wo man ist. Man kann hinausgehen und herumrennen, irgendwo hinkommen. Oder dableiben und abwarten, was vorbeikommt."

Die Franzosen, das Wetter, die Russen. Sein Urgroßvater hat ihm lachend erzählt, wie er Napoleon gesehen hatte. Hier, durch den Ort geritten, am Weg nach Mähren. Das hat er ihm aber nicht geglaubt. „Doch!“, hat der Urgroßvater geantwortet und gelacht: „Der eine reitet über den halben Kontinent, und der andere sitzt im Hüterhäusl.“

Sechzig Jahr’ später kamen die Preußen vorbei. Und demnächst die Russen. Soll einer sagen, da ist nichts los, in Frankenhayn, in seinem Dorf, wo er schon so gerne wieder wäre. Aber noch lange nicht ist.

Vater hatte viel Zeit. Viel zu viel. Aber zu wenig zu essen. „Gerne würde ich ein Stück Zeit gegen Brot tauschen, aber das ist ja nicht möglich“, dachte Vater, als er so dalag im Staub des Dachbodens.

„Ruhig atmen und an etwas anderes denken. Nicht ans Essen. Und nicht an die Wehrmacht. Die jetzt Ohnmacht heißen müsste. Alle wissen, das kann nicht mehr gehen. Das ist nichts und das wird nichts. Mehr. Und trotzdem. Alle machen weiter. Die halt noch übrig sind. Das ist nicht mein Reich. Und genug geführt. Wohin hat es? Mich. Einmal Kaukasus und retour. Und jetzt hier. In Blaa. Ausgerechnet. Warum soll ich als Bollwerk herhalten? Der Russe will ja gar nicht hierbleiben, der will nach Berlin hinauf. Da wollen wir ihn nicht aufhalten. Je besser er hier durchkommt, umso schneller ist er wieder weg. Und dann geht’s für mich heimwärts, endlich. Aber bis dahin. Ruhig liegen. Ruhig atmen. Und an etwas anderes denken.“

Es war ganz schnell gegangen. Oft hatte er daran gedacht. Wie das. Und wann. Aber keine Gelegenheit, so lange. Gestern dann aber doch noch. Beim Barrikadenbauen. „Wirklich lächerlich“, dachte er, „gegen russische Panzer eine Barrikade aus Rosswägen und Bauernschränken." Wie er da oben auf dem Sauhaufen herumgeturnt ist, weil Befehl ist Befehl, und der Befehl war, Barrikade mit Stacheldraht armieren. Also hat Vater die Waffe abgestellt, zu den andern gelehnt, die da schon standen, wie Strohmander, sechs oder sieben Karabiner aneinandergelehnt, Karabinermander. Tornister und Traggeschirr abgelegt, den Stacheldrahtabwickler gepackt und hinaufgeklettert auf den seltsamen Scheiterhaufen. Alles verzurrt, unentwirrbar, ein Riesenknäuel aus Möbeln, Regalen, Wägen und anderem sperrigen Zeug, das noch zu finden war in den Häusern ringsum. Ein bizarrer Haufen war das, auf der Nordseite des Hauptplatzes, der den Durchmarsch zur Brücke über den traurigen Fluss versperren sollte.

„Gelacht wäre das, wenn man so was versperren könnte. Zwei, drei Mal reinknallen, dann drüberfahren mit dem Tank, den wird mein Stacheldraht nicht einmal kitzeln. Es gibt kein Eisen mehr, um Tschechenigel zu bauen, selbst die Schienen der Staatsbahn haben sie schon demontiert."

Und dann war plötzlich ein seltsames Knarren zu hören, laut, als wände sich eine Riesentüre in den trockenen Angeln, und Vater sah einen in der Barrikade verkeilten Wagen, wie der sich langsam drehte, als würde er sich heimlich davonmachen wollen aus der Verbarrikadierung, bevor ihn noch der Stacheldraht verstricken würde. Der Oberleutnant sah es nicht, denn der stand mit dem Rücken zur Barrikade und blickte ungeduldig auf die Reste seiner müden Truppe, die sich abmühte, mehr von dem unbrauchbaren Zeug heranzuschaffen. Und so sah er's nicht kommen, wie sich Rad samt Deichsel vom Wagen lösten und gleich einer viel zu großen Hand über des Oberleutnants Kopf strichen. Der schloss sofort die Augen und sackte in sich zusammen. Vater sah von oben auch, wie alle hinliefen und um den hingefallenen Offizier standen und schauten, aber nicht halfen, nichts taten. Und so stellte Vater den Stacheldrahtabwickler weg, stieg langsam vom Scheiterhaufen herab und ging. In die entgegengesetzte Richtung. Bestimmten Schrittes, als wäre er auf Befehl unterwegs. Und nicht umdrehen, auch nicht, wenn der Feldwebel schrie, aber das galt nicht ihm, es war an die Gaffer und Glotzer gerichtet und die Sani, die nie da waren, wenn man sie brauchte.

Ein Haustor stand offen, einen Spalt. Vater drückte sich durch, ging die Treppen hinauf, er kannte das Haus, hier war er oft gewesen, hier hatte er seine Getreide-Geschäfte gemacht, das heißt, die Geschäfte hatte ein anderer gemacht, mit ihm, gegen ihn. Im ersten Stock war das Kontor, hier wurde bezahlt, in diesem Gang war er oft gestanden, in Reihe wartend mit den anderen Bauern, in der Linken den Hut, in der Rechten den Tara-Zettel, bis dahin war alles korrekt, der widerliche Teil stand noch bevor, wenn der Preis genannt wurde, der Kurswert, zu dem das Getreide gegen Geld getauscht wurde.

Aber heute war alles leer, keiner da, der was hätte tauschen wollen, nicht einmal ein Tisch mehr im Haus, über den man hätte gezogen werden können. Leer war das Kontor, und weg war er, der feine Herr.

„Und weg bin auch ich bald von hier!", weiter in den zweiten Stock und die dann schmaleren Treppen hinauf in den Dachboden. „Hier wird mich keiner suchen, das wird keiner glauben wollen, dass ich so nah bin. Ruhig daliegen. Und warten. Bis der Russ' kommt. Und es wird schnell gehen. Mit dem Rest vom Schützenfest. Aber ohne mich. Ich werde die Angelegenheit liegend vorübergehen lassen. An mir. Und an Blaa. Wenn alle weg sind, die einen massakriert, die anderen auf dem Weg nach Berlin, dann erst stehe ich wieder auf. Und gehe heim. Nach Frankenhayn."

Der Stundenschlag einer Pendeluhr war von unten zu hören, wie zur Erinnerung, dass es ein anderes Leben gab, gegeben hatte. Und bald wieder geben wird. Er dachte an das Schlafzimmer daheim, an die Pendeluhr, die aber klang anders, die hatte den richtigen Schlag, den hatte er immer gerne gehört, so wie das langsame Aufziehen des Schlagwerks, bis hin zum erlösenden *Gong*. Nur war das hier der falsche Ton in seinen Ohren, er kannte diesen *Gong* von früher, als er öfters in diesem Haus war. „Der Getreidejud' nimmt dir das Weiße aus den Augen", hatte der Schanl-Nachbar gesagt, „aber der wird sich noch wundern." Gut war es nicht ausgegangen, weder für den Getreidejud', der wurde gleich nach dem Anschluss geholt, noch für den Schanl-Nachbarn. Ob der sich gewundert hat, als er in der Walachei von Granatsplittern zerrissen wurde? Wie ein Versehen kam es Vater vor, dass er noch immer lebte, wo so viele hin waren, als hätte ihn das Schicksal übersehen. Und die anderen nicht. Das waren keine schönen Gedanken, weg wollte er sie haben, die ganze Erinnerung an diese Jahre, diesen Krieg. Einen Schlussstrich ziehen, neu beginnen. Nicht daran denken und nicht darüber reden. Und hoffentlich vergessen, irgendwann. Als hätte der Chronometer die Stunde null geschlagen.

Ein Messer hätte er jetzt haben müssen. Aber das war im Tornister neben dem Karabinermander geblieben und nicht mitgekommen auf den Dachboden. Die Kragenspiegel waren schon abgerissen, mit den Zähnen hatte Vater die Naht aufgebissen, aber die Schulterspangen waren widerspenstig. So fest in der Naht zwischen Ärmel und Schulter drin, da half kein Beißen. So wollte er sich keinesfalls blicken lassen auf der Straße, auch wenn der erste Schwung der Russen schon durch Blaa gezogen war und er sich ohnehin nur nachts bewegen würde. Irgendwo könnte ihn aber doch einer sehen und die Uniform erkennen und dann ab mit ihm nach Sibirien. Oder gleich an die Wand gestellt. So kurz vor dem Heimkehren. Dann halt ohne, ganz ohne. Nur in Unterhosen und Hemd, jetzt war ihm der Dreck recht, der da zum Vorschein kam, das war die richtige Tarnung. Wie ein Flüchtling sah er aus, dabei war er doch Heimkehrer. Er strich die Uniformhosen glatt, schlug sie gedrittelt ein, legte den Waffenrock akkurat gefaltet darauf und ganz oben noch den Stahlhelm – ein kleines Monument als Hinterlassenschaft. Die Stiefel in der Hand, tastete er sich durch das finstere Treppenhaus nach unten, nichts war zu hören. Seit einer Stunde schon, vielleicht auch länger, hatte sich draußen nichts mehr gerührt. Los jetzt. Vor dem Hellwerden zu Hause sein. Weil sonst. In den Weiten der Ebene um Blaa, da gab's schlecht Deckung zu finden.

Nicht auf die Straße, nein, hint'aus, durch den Garten, entlang des schmalen Wegs zwischen den Lattenzäunen und der Böschung, die zum mäandernden Grenzfluss hin abfiel, bis zu den letzten Häusern, und dann hinaus auf die Felder.

Kein Roter zu sehen, auch sonst niemand, wie ausgestorben war die Gegend. Obacht, dennoch. In jede Mulde hineingeduckt, hinter jedem Strauch weggebückt, so kam er nur langsam voran. Was unter anderen Umständen ein Fußmarsch von vielleicht drei Stunden gewesen wäre, dauerte jetzt schon bald doppelt so lang, und er war immer noch nicht da, dort, daheim. Den Buckel des Galgenbergs konnte er aber schon sehen. Und dort im Wald würde es leichter gehen, bessere Deckung für den Heimkehrer geben, da würde er nicht mehr unter dornigem Gebüsch auf dem Bauch robben müssen, sondern aufrecht gehen, heimgehen.

Beim Abstieg ins Dorf dämmerte es schon, schwarz stand die Ruine vor einem sachte aufglimmenden Himmel. So oft hatte er sich diesen Moment vorgestellt, sich ausgemalt, was für eine Freude es sein würde, endlich wieder durch die Kellergasse zu gehen, alles wiedersehen. Und jetzt, da es so weit war: kein Gefühl, und erst recht keine Freude. Es war einfach nur. Und er mitten drin. Alles war da, wo es sein sollte. Nichts zerstört. Die Keller einer neben dem anderen. Als ob sie nichts aus der Ruhe bringen könnte.

Den schmalen Steig übers Mannsbergerl, dann konnte er schon sein Haus sehen, ihr Haus, weil es ja nicht nur seines war und das seiner Frau, sondern auch das seiner Mutter. Und der Großeltern selig, und der

Urgroßeltern. In einer langen Reihe sah er sie stehen, die Altvorderen, und ganz am Ende er.

Obwohl. Eigentlich sein Sohn, sein einziger. Sonst nur Menscher, Weiberleut. Wenn man den Franzl nicht mitrechnet. Weil der ja noch ganz klein. Gestorben. Ist. „Ich hab' einen gekannt, der hat nicht geraucht und nicht getrunken. Der ist auch gestorben, der ist nicht einmal ein Jahr alt geworden." Das sagt er oft. Und lacht, damit's nicht so weh tut, inwendig. Seltsame Kur: zuerst wehtun, dann weglachen. Manchmal muss er dann an seinen Onkel Franz denken, den *Franz-Onkl*, der wie alle Erstgeborenen in dieser Großfamilie hieß. Der *Franz-Onkl* hatte sich auch eine besondere Kur ausgedacht, als er damals beim Holzhacken abgerutscht ist und mit der Hacke statt dem Buchenholz das Wadenbein erwischte.

„Was ist die Steigerung von grün?", hat er beim Mittagstisch kurz zuvor noch gefragt, „grün – grüner – grüner Veltliner!" Und gelacht. Und getrunken, schnell getrunken. „Weil der Durst groß, das Leben aber kurz ist." Dann ging er Holz hacken, „Weil schlafen kann ich am Friedhof noch lang genug".

Es hat sehr stark geblutet. Aber gar nicht so arg wehgetan, hat er gesagt, der *Franz-Onkl*. Und Mutter hat den weißen Doppler geholt: „Zum Desinfisziern!"

„Ich werde halt innerlich anfangen, mit dem Desinfisziern", der Onkel verschwendete keinen Tropfen des duftenden Slibowitz auf die klaffende Wunde, sondern trank in großen Zügen glucksend aus der Flasche.

„Therapeutisch gesehen bin ich ein Nihilist. Was das Politische angeht, tiefrot. Beim Wein allerdings weiß, immer weiß."

Vater ist der letzte Franz einer langen Reihe. Weil sein kleiner Franz es nicht geschafft hat. Wodurch der *Zweitgeborene* dann der Älteste wurde. Die Weiberleut' haben nicht gewollt, dass der auf Franz getauft wird. Weil nicht zwei Söhne in einer Familie denselben Namen haben können. Und als er dann früher als erwartet auf die Welt kam, da hat der Schanl-Nachbar, als er zum Gratulieren ins Haus kam, gesagt: „Weil er sich so gefreut hat, ist der Kleine früher rauskommen, weil er sich so sehr über den heutigen Tag gefreut hat. Wie wir alle." Und dann hat der *Schuhmacher-Frederl* gesagt, weil heute ein besonderer Tag wäre, gäbe es auch besondere Geschenke: „Für alle, die heute auf die Welt gekommen sind. Heute ist unser Volk heimgekehrt ins Reich. Und alle, die zu diesem Freudentage ins Leben getreten sind, kriegen vom Führer ein Geschenk. 500 Reichsmark. Aber nur wenn sie Adolf heißen." Mutter hat geglaubt, der macht einen Witz, der *Schuhmacher-Frederl*. Aber es war ganz ernst, so stand es auch in dem Brief, der in der darauffolgenden Woche auf dem Küchentisch lag.

„Das wär' ein leicht verdientes Geld", sagte Mutter und er, Vater, murmelte nur: „Wenn er nicht Franz heißen darf, kann er auch gleich Adolf heißen, das ist mir völlig wurscht."

„Der Herr Bim hat erzählt, am Höhlenstein gibt's tatsächlich eine Höhle. Im Stein. Da hat sich im Krieg einer versteckt."

„Und an der Grenze hängt ein Vorhang. Der ist aus Eisen."

„Muss ja nicht stimmen. Solang du's nur glaubst."

„Deinem Schicksal kannst du nicht davonradln, da magst strampeln, wie du willst. Das hat der Vater gesagt."

„Dein Schicksal, Bruder, ist klappbar. Wie das Rad, auf dem du strampelst."

„So gesehen wäre dein Schicksal eine Waffe. Aber was soll das bedeuten?"

„Das Waffenrad ist sinnlos, deshalb trete ich es."

Die Auseinandersetzungen der *enthusiastischen Cousins* über ihre entliehenen Räder sind das Geplätscher, zu dem wir drei in die Pedale steigen, Arla und ich in einem gewissen Respektabstand zu Herla, der gelegentlich nach uns tritt, in der Hoffnung, einen von uns aus der Balance und zu Fall zu bringen.

„Gerne hätte ich eine Luftpumpe, eine große. Die würde ich dann bei voller Fahrt in die Speichen deines Vorderrads stecken. Das wär' was!"

Auch wenn der Feldweg, den wir Richtung Norden fahren, ohne nennenswerte Steigung verläuft, ist Herla stets außer Atem, denn er muss im Stehen treten. Setzt er sich in den Sattel, reichen seine Beine nicht bis zu den Pedalen. Arla hat dasselbe Problem auf seine Weise gelöst, er sitzt auf dem Gepäckträger seines Klapprads, so erreicht er die Pedale ganz leicht, muss sich aber weit über den Sattel nach vorne beugen, um die Lenkstange im Griff zu halten.

Der Eiserne Vorhang, das ist unser Ziel. Immer wieder haben wir aus den Gesprächen der Alten etwas davon aufgeschnappt, allerdings nie genug, um eine Vorstellung zu entwickeln, wie so etwas überhaupt aussehen kann. Zum Vorhang also, der nie aufgeht!

Das Radeln ist inzwischen zur Qual geworden, es ist viel zu heiß für diese Anstrengung, und keiner von uns dreien weiß auch nur annähernd, wie weit es noch ist. Wir haben nur diese vage Idee, zuerst über den Galgenberg in Richtung Blaa, und auf der anderen Seite des Berges, am Ende des Waldes, rechts in die weite Ebene, und dann einfach immer weiter nördlich, bis man ansteht an der Grenze. Dort sollte er sein, der Eiserne Vorhang. Und dahinter die Roten.

Natürlich gibt es keinen Vorhang. Bloß einen Zaun aus großen Drahtrechtecken, länglich verknotet, dann einen Streifen Wiese, dahinter noch einen Zaun. Aus Holzpfosten, jeder mit einem kleinen Querbalken zu einem T gemacht und mit dem nächsten durch Stacheldraht verbunden zu einer endlosen Reihe Ts. Und ein Wachturm mit zwei silber glänzenden Scheinwerferschüsseln. Schatten bewegen sich gelegentlich hinter den Fenstern.

„Der Turm sieht aus wie ein Hochstand. Für Jäger. Nur höher."

„Die warten auf große Beute."

„Für dich, du Kommunist!", ruft Herla fröhlich und

wirft einen faustgroßen Stein in Richtung des Wachturms. Er landet in der Mitte der Wiese zwischen den Zäunen, hüpft noch zweimal und kommt dann zum Liegen – in der Mitte zwischen zwei Welten.

„Hier müssten wir graben. Einen Fluchttunnel unter den Zäunen."

„Und in der Nacht können wir die Leute rausbringen. Von drüben. Nach herüben."

„Aber wenn die gar nicht wollen?"

„Jeder, der eingesperrt ist, will raus."

„Vielleicht sind wir ja die Eingesperrten. Und die Wachen da oben schauen auf uns, dass keiner abhaut."

„Weiß der Affe im Zoo, dass er eingesperrt ist? Oder freut er sich, weil alle Störenfriede hinter Gittern sind?"

Ein weiß lackiertes Schild mahnt in seltsam traurigen Lettern *Achtung! Staatsgrenze!*

„Das nehmen wir mit. Als Andenken."

Das Schild aber will sich nicht von seiner Stange trennen, was wiederum Herlas Ehrgeiz weckt. Er legt seine Zunge auf die Oberlippe, kneift die Augen zusammen und attackiert den rot-weiß gestreiften Steher.

„Achtung. Ein Irrer rüttelt an der Staatsgrenze", kommentiert Arla, schon fluchtbereit auf seinem Klapprad. Er weiß aus leidvoller Erfahrung, Herlas Wut kann ganz plötzlich vom einen aufs andere überspringen, die Objekte selbst sind beliebig, nur der Vorgang der Entladung ist wesentlich.

Gleichmütig gegen das Rütteln nickt die blecherne Warnung kaum merklich vor sich hin. Plötzlich hört Herla auf damit, lässt die Arme sinken und blickt zu den roten Lettern hinauf: „Ich akzeptiere keine Grenzen!" Packt die Tafel an beiden Längskanten und reißt mit voller Kraft daran. Das Blech klappt zusammen und steht jetzt wie ein halb aufgeschlagenes Buch nach vorne ab.

Ohne uns auch nur anzusehen, hebt Herla sein riesiges schwarzes Waffenrad aus der Wiese, tritt stehend in die Pedale und macht sich auf den langen schnurgeraden, zweigleisigen Feldweg zurück ins Dorf.

„Nichts wie nach, auf und davon, heim ins Reich, Burschi!"

„Daheim nennen mich alle Teseo."

„Klingt nach Gastarbeiter, Balkan wahrscheinlich. Oder Mongolei."

„Herla klingt für mich nach Gesundheitsschuhen. Die Kellnerinnen gerne tragen. Aus blauem Stoff, vorne schauen zweieinhalb Zehen heraus und hinten die gerissene Fersenhornhaut. Geschnürt reichen sie bis hinauf zu den dicken Waden."

„*Dein* Name sagt schon alles, da braucht's keine Beschreibung mehr: Du bist so ein Arla!"

Herla ist verdächtig sanftmütig, leckt am Rotz seiner Oberlippe und grinst schief – wie immer, wenn ihm etwas einfällt, das er gleich zum Besten geben wird.

„Der Höhlenstein, von dem der alte Bim geredet hat, heißt gar nicht so. Sondern Höllenstein. Weil dort der Teufel zu Hause ist."

„Und du weißt, wo das ist?"

„Ich kenn' zwei Schwächlinge, die werde ich dorthin locken. Dann hineinstoßen in die Hölle. Den Eingang verschließen, mit dem Stein. Damit kein Entkommen mehr ist. Für die zwei. Aus der Hölle."

„Auf die Räder, fertig, los!“

Der Höhlenstein ist eigentlich kein Berg, eher ein Haufen von Kalkfelsen, die wie Riesenzähne bizarr in den Himmel ragen. Ein geschotterter Weg führt zwischen den Klippen steil nach oben und ist mit den Rädern kaum zu befahren. Wir steigen ab, schieben sie ein Stück und lassen sie schließlich im Gras am Wegrand liegen, um Herla zu folgen, der schon zielstrebig auf die Kalkzacken klettert und hinter einem Überhang aus unserem Blick verschwindet.

„Das ist sicher wieder eine Falle. Gleich wird's wehtun.“

Hinter der Wand ein kleines Plateau, braungelb vertrocknete Gräser zwischen leuchtend weißen Kalkbrocken, begrenzt durch einen steilen Abbruch und, auf der gegenüberliegenden Seite eine hohe Wand, darin ein Riss, kaum einen Meter breit.

„Die Pforte zur Hölle.“

„Der Teufel soll's holen.“

Wir tapsen langsam vorwärts, der Spalt im Felsen wird nicht nur schmaler, sondern auch niedriger, auf allen Vieren geht's weiter. Ein Schimmer von Licht ist jetzt zu sehen, rot flackernd an einer Wand weiter hinten. Der Raum ist grade hoch genug, dass wir aufrecht stehen können und kaum größer als Mutters Küche. In den vielen kleinen Nischen, Spalten und auf Vorsprüngen im Felsen stehen Kerzen in roter Umhüllung: Grablichter, in großer Zahl, die Herla, eins nach dem anderen, anzündet.

„Ihr braucht gar nicht fragen: Die Rotlichter sind vom Gottesacker. Dort schlafen alle. Deshalb braucht sie keiner. Hier aber sind sie richtig: Der rote Schein ist in der Hölle wichtig."

Im Boden klafft ein Loch, daneben liegt Aushub, graue Erde mit Kalkstückchen durchmischt, die Einschläge von Spitzhacken sind noch zu sehen.

„Wie hast du den Eingang gefunden?"

„Der kleine Bim hat mich hergebracht, der hat hier mit seinem Alten gegraben. Der glaubt nämlich ganz fest, dass Frankenhayn schon in der Urzeit existiert hat."

„Aber unter anderem Namen?" Ein kleiner spitzer Kalk trifft Arla zur Antwort auf den Kopf.

„Und dass an bestimmten Orten Dinge aus jener Zeit zu finden wären. Er glaubt fest, die Höhle ist so ein besonderer Ort. Wie der Schatzboden auf der anderen Seite des Galgenbergs, wo vom Amt gegraben worden ist, weil dort eine Siedlung gewesen sein soll. Und was haben sie gefunden? Eine ganz kleine, nackte Frau. Aus Stein. Mit sehr großen Brüsten, die hingen ihr bis zu den Knien. Allerdings hat sie keinen Kopf gehabt. Sagt der Bim."

„Vielleicht hat er sie verkehrt gehalten. Und es war der Hintern, nicht der Busen."

Es ist sicher keine gute Idee, Herla zu reizen. Der einzige Fluchtweg ist eng und nur langsam zu passieren, wer als Zweiter beim Ausgang ankäme, würde alles abkriegen.

„Und, haben die Bims hier auch nackte Frauen gefunden?"

„Viel besser. Eine Pistole. Mit Maschine. Und Munition. Aber leider eingerostet."

„Und wo ist das jetzt?"

„Versteckt. Zu Hause bei den Bims."

„Aber gar nichts haben die Bims hier gefunden, keine Maschinenpistole, auch keine Munition. Das hat der Kleine nur erfunden. “

„Und das. Was ist das? Das habe nämlich ich gefunden.“

Herla streckt seine Handflächen nach vorne, wie der Pfarrer am Sonntag, doch darauf weder Brot noch Wein, sondern eine Klinge. Zwischen Flecken von Rost ist zu lesen *Blut und Ehre*.

Der Geruch von verbranntem Docht breitet sich aus, an den Wänden tanzen Schatten. Alle Kerzen brennen jetzt, es müssen über fünfzig sein, auf einem Vorsprung im Felsen ein Stapel von kleinen Rollen, in grauem Pergamentpapier, gut zwanzig Stück. Herla muss schon öfter in der Hölle gewesen sein. Und die in Bims Selbstbedienungsladen gestohlenen Schoko-Keksi nach und nach hier gestapelt haben.

Herla setzt sich auf einen Felsbrocken, hält in jeder seiner Hände eine kleine rote Plastikhülse, die gar nicht nach Schrot-Patrone aussieht, wenn er sie wie Figuren aus einem Cowboy-und-Indianer-Spiel auf seinen Schenkeln bewegt.

„Ich bin dein König. Herodes genannt. Alle Kinder lasse ich aufschlitzen“, droht mit dunkler Stimme die rote Kapsel in seiner Linken.

„Ich aber bin der wahre König. Mich kann man schimpfen, quälen, sogar aufschlitzen: Ich komme immer wieder. Ich bin nicht wegzukriegen“, fiept die in seiner Rechten zurück.

Hochglänzend schaut an den Enden der beiden Hülsen ein blankes Metallplättchen nach oben.

„Wenn hier der Bolzen draufschlägt“, belehrt Arla seinen Bruder, „explodiert der König. Und schickt mit einem lauten Knall fünfundsiebzig kleine Bleikügelchen auf den Weg. Durch den Lauf. Gleich nach der Mündung lässt der Druck nach, und das Blei fetzt in spitzem Winkel auseinander. Ist man zu nah dran, ist der Radius des Einschlags zu klein. Da verfehlt man leicht sein Ziel. Ist man zu weit weg, sind die einzelnen Kugerln so weit verteilt, dass vielleicht ein paar, die meisten aber ihr Ziel nicht erreichen. So kann man ein Rebhuhn erledigen, ein kleines, aber kein Monster, ein riesiges.“

„Du willst auf die Jagd gehen?“

„Wir sind schon die längste Zeit auf der Jagd, du hast es nur noch nicht bemerkt.“

„Sind wir. Oder werden wir?“

„Fuchs oder Hase –“

„Wolf oder Lamm, das ist die Frage.“

„Hier ist es so schön, da möchte man für immer bleiben.“

„Schon, aber nicht mir dir.“

Herlas Zungenspitze schiebt sich zwischen den Lippen durch, biegt steil nach oben Richtung Nase ab und bleibt an der Oberlippe kleben. Ein schlechtes Zeichen.

„Wir könnten uns Decken holen und über Nacht hier bleiben.“

„Und alle Mädchen zu uns einladen. Sie werden nackt im Kerzenschein für uns tanzen.“

„Das erlaubt euer Vater nie, mit oder ohne Mädchen.“

„Es sei denn, er weiß nichts davon. Weil er weg ist. Auf der Jagd. Weit weg, für mehrere Tage.“

„Mutti kann man vergessen. Gar nicht hinhören. Zuerst schreit sie herum, dann beginnt sie zu weinen, und am End' machen wir eh, was wir wollen."

„Also gilt's. An dem Tag, wo er in der Früh wegfährt, treffen wir uns am Abend hier. Jeder bringt eine Decke und einen leeren Doppler mit."

„Wozu die Flasche?"

„Überraschungseinlage. Zur Abendunterhaltung."

„Und es gibt Schoko-Keksi, Burschi."

Lächelnd täusche ich meine Zustimmung vor, denn die bevorstehende Abwesenheit des *grausamen Onkels* werde ich ganz anders zu nützen wissen, und das muss bis zum letzten Moment vor den *enthusiastischen Cousins* geheim gehalten werden. Während die beiden ihre Flaschenparty in der Hölle feiern, werde ich im siebten Himmel sein. Auf der Po-Ritzenbettbank, mit ihrer Schwester, meiner *lachenden Cousine*.

Hund ohne Herr

Die Sache hat eigentlich ganz harmlos begonnen und ist erst nach und nach ausgeufert. Herla ist allein am Hof, das hat sich so ergeben, nachdem zunächst der *grausame Onkel* samt angehängter Tante und zugehörigen Cousinen mit dem Traktor in den Weingarten gefahren ist. Während sich Herla mit Weiß-der-Teufel-was hinter der alten Holztür, aus der oben ein Herz ausgeschnitten ist, beschäftigt, erkennen Arla und ich die Gelegenheit, uns unbemerkt davonzumachen. Wir freuen uns über die gelungene Flucht, mehr noch auf den Nachmittag ohne den unberechenbaren Dritten unserer Bande.

Der hat indessen aus einer Astgabel und dem Gummiring eines Einmachglases ein kleines, handliches Katapult gebastelt, was noch fehlt, ist die Munition dazu. Hund Rex steht in seinem Zwinger und knurrt missmutig durch den Maschendraht, als witterte er schon, was kommen wird.

Herla, und das war die eigentliche Eingebung, erinnert sich, in der Speisekammer, in dem Regal, vor dem der Speck hängt, da liegen Würste. Dünne, verdrehte Stangen harter Wurst: Schießwurst. Die holt er sich, geht damit ganz nah an den Zaun des Hundezwingers und bricht ein Stück Wurst ab. Rex knurrt schon bestimmter und zieht die zitternden Lefzen ein Stück hoch. Herla legt das Stückchen trockener Wurst in die Schleuder, hält sie knapp an den Zaun, spannt, zielt. Und schießt. Der Hund, hart an der Schnauze getroffen, jault erst gar nicht auf, er springt mit wild aufgerissenem Maul auf Herla zu, landet im Zaun, das geifernde Knurren gelegentlich von wütendem Gebell unterbrochen. Herla sitzt keinen Meter entfernt vor dem Tier, das so gerne zubeißen würde, schaut ihm starr in die Augen und lädt nach. Rex lässt vom Zaun ab, er wittert die Wurst, findet sie, schnappt sie sich – da schlägt der nächste Treffer ein. Herla hat zwar die Schnauze verfehlt, aber immerhin das Ohr getroffen. Dieses Spiel geht eine ganze Weile, bis die Wurst aufgebraucht ist und der Hund, erschöpft von seiner verzweifelten Wut, sich nicht Genugtuung verschaffen zu können, hechelnd auf die Schleuder schaut. Das Spektakel kann noch nicht zu Ende sein, Herla streckt die Zungenspitze nach oben, leckt dort, wo sonst immer Rotz ist, und schaut zum Hühnerverschlag hinüber. Der Zaun ist engmaschiger als jener des Hundekäfigs, Hasendraht genannt, auch wenn er die Hühner gefangen hält. Das Federvieh gackert verhalten und legt die Köpfe schräg, verständnislos gegenüber dem, was es da soeben mitangesehen hat.

„Goock, gooock“, sagt Herla und öffnet die niedere Tür zum Verschlag,

„Gock, gock?“, antwortet ein Huhn, ein absurder Dialog entfaltet sich, bis Herla mit einem entschiedenen „Wuff!“ einen Schlusspunkt setzt, über die mit Dreck verklumpten Reste von Stroh in den Verschlag kriecht und laut bellend die Hühner hinaus auf den Hof treibt. Verwirrt von der plötzlichen Freiheit flattern sie kreuz und quer, Herla, noch auf allen Vieren im Hühnerverschlag, bellt weiter, jetzt setzt auch Rex ein. Ein irres Um-die-Wette-Bellen, das Herla zwar nicht gewinnen kann, aber den Hund reizen, immer weiter, das geht gut, bis der verrückt vor Aufregung in seinem engen Gehäuse im Kreis japst, dann gegen den Zaun springt, wieder eine Runde japst, um von Neuem den Zaun sinnlos zu attackieren. In seinem Zorn hat das Tier gar nicht bemerkt, dass Herla nicht mehr bellt, nicht mehr im Hühnerverschlag ist, sondern oben auf den Brettern, die den Zaun des Zwingers abdecken, sitzt und mit einem Stock gegen den Riegel schlägt, bis er endlich nachgibt und die Zwingertür quietschend aufschwingt. Da verstummt Rex, setzt sich hin und schaut mit gespitzten Ohren auf den Hof, auf die Hühner. Mit einem winselnden Jaulen bittet der Hund seinen Herren, der gar nicht da ist, aber eigentlich hätte hier sein müssen, immer da ist, wenn die Tür aufgeht, um Erlaubnis, und Herla flüstert von oben durch einen Spalt zwischen den Brettern: „Fass, Rex, fass!“

Das Tor, das Scheune von Straße trennt, fliegt auf, und die *hilflose Tante* weiß schon, es wird zwar gegen die Wand knallen, aber dort dann einrasten, und so kann sie gleich an der Verriegelung des zweiten Torflügels werkeln, schnell, vor allem schnell muss das gehen, der *grausame Onkel* kann da sehr ungehalten werden, wenn es nicht schnell genug geht. Freie Fahrt für den Traktor, endlich, und der leuchtend orange 188er-Steyr zieht den Anhänger samt einer *lachenden* und einer *säuerlichen Cousine* durch die Einfahrt. Der *grausame Onkel* steigt vom Traktor ab, klopft im Vorbeigehen auf den in der Ecke der Scheune stehenden Tank, mehr als halbvoll noch mit Heizöl, das deutlich billiger als

Diesel ist und den Traktor genauso gut füttert, tritt in den Hof und nimmt seine graue Zwillich-Schirmkappe ab. Eine bizarre Ordnung sieht er da, wie ein Traumbild, in dem alles überdeutlich und real sichtbar, aber dennoch völlig fremd erscheint.

Rex liegt, aufmerksam auf die Ankömmlinge blickend, auf einen noch so leisen Befehl seines Herren mit spitzen Ohren lauschend, mit brav ausgestreckten Vorderläufen in seinem Zwinger, die Tür steht offen, und oben auf dem Hundekäfig sitzt noch immer Herla, lässt die Beine baumeln und knabbert an seiner Oberlippe, den Blick weit ins Unscharfe gerichtet, als wäre er ganz woanders, längst nicht mehr hier. Warum das wohl Narrenkastl heißt, ins Narrenkastl schauen? Zwischen Misthaufen und Haustür liegen, akkurat ausgerichtet in einer Reihe, acht Hühner, drei weiße, blutbesudelt, die rotbraunen daneben scheinen unversehrt. Aber tot alle achte, das sieht die *hilflose Tante* gleich und schlägt die Hände vors Gesicht: „Heiligemariamuttergottes."

„Die hat damit nichts zu tun, glaube ich", murmelt der *grausame Onkel*, fährt sich mit der von der Weingartenarbeit verdreckten Hand über seinen kahlen Kopf. „Die Fleischhaub'n", hat er einmal gesagt und viel zu laut gelacht, „ist die Krone des tüchtigen Mannes", aber das war an einem anderen Tag, heute ist er nicht zu Scherzen aufgelegt.

„Rex. Fuß", das ist alles, was er sagt. Der Hund, der darauf so lange gewartet hat, springt auf, sein Stummelschwanz schlägt wie wild, das ist aber auch der einzige Ausdruck seiner Freude über das Wiedersehen, sonst ist alles domptiert, vom Ochsenziemer durchtrainiert. Sein

Platz ist am linken Bein des Herrn, so blicken sie beide auf die toten Hühner, die wie nach einer Treibjagd mit grotesk verdrehten Köpfen auf langen Hälsen vor ihnen liegen.

Ganz seinem Gefühl und der Eingebung folgend, geht der *grausame Onkel* über den Hof, packt den sinnierenden Sohn am Hosenbund und wirft ihn in den Zwinger. Der Hund, noch immer zur Linken seines Herrn, legt den Kopf schräg, als ob sich so der Fehler im Bild korrigieren ließe, und trottet, einem knappen „Ab!" Folge leistend, hinein in seinen Zwinger, Herla im Blick behaltend, der gegenüber der Tür an der Rückwand hockt, jetzt wieder ganz da, seine Zunge leckt von rechts nach links und wieder zurück über die Oberlippe, dort, wo bald der Flaum kräftiger werden wird.

„Ja", denkt er, dem Hund in die Augen blickend, „einen richtig großen Schnauzer werde ich mir wachsen lassen, einen möglichst breiten, aber das wird noch ein paar Jahre dauern, und jetzt ist ganz was anderes wichtig, weil der Hund, der wird mich nicht vorbeilassen. Mit dem Abrichten ist das so eine Sache, weil es ja der Ochsenziemer ist, der den Herrn herrisch und den Hund hündisch macht. Fehlt der Herr, denkt der Hund nicht mehr an den Ochsenziemer, sondern ist wieder ganz bei sich. Tier. Raubtier. Wolf. Aber ich bin nicht dein Schaf. Ich bin selber ein Wolf."

Herla springt auf den Hund mit dem Vorsatz, ihn sehr fest ins Ohr zu beißen. Rex nimmt das als Angriff und stellt den Kontrahenten. Allerdings nicht wie die gackernden Hühner an der Kehle packend – er hat

Herla im Gesicht geschnappt. Im weit aufgespreizten Maul ist jetzt der Kinderkopf eingeklemmt, links an der Stirne, rechts unter dem Kiefer haben sich die Fangzähne des Hundes verbissen. Rex zieht rücklings die schwere Beute aus dem Zwinger, um wie immer brav zu apportieren. Jetzt schreit die *hilflose Tante* nicht, schaut nur mit offenem Mund, von den Händen der Cousinen baumeln die toten Hühner an langen Hälsen, und der *grausame Onkel*, der macht drei Schritte Richtung Stalltüre, dort auf einem Haken an der Wand hängt der Ochsenziemer.

Aufwachen

Wenn er in der Nacht durchs dunkle Vorhaus geht, da kann Arla sehen, wie sie sich bewegen. Nur am helllichten Tag sind sie wie ausgestopft, die Trophäen an den Wänden. Im Finsteren aber wachen sie auf, der Dachs zuerst, der Uhu blinzelt nur, und der Auerhahn streckt seinen Kopf noch weiter vor.

Und der Hirsch? Die Gämsen? Die haben ja keinen Körper, nur Hals und Kopf und Geweih. An ihren Augen, den glänzenden, sieht man, dass sie leben.

Mit gespreizten Schwingen wacht der Bussard über dem Fernsprechapparat, für den quasi aus dem Nichts der sonst nur Tierpräparate tragenden Vorhauswand eine hölzerne Ablage ragt, dunkelbraun gebeizt, die Maserung des Holzes deutlich sichtbar, mit einer Lade darunter, die immer leer ist, sooft die *enthusiastischen Cousins* auch hineinschauten.

Der Waffenschrank gegenüber dem Telefon, der eigentlich ein Schaukasten ist, präsentiert das todbringende Arsenal des *grausamen Onkels*. Die Glasfüllung der Tür so dünn, mit Leichtigkeit hätte man sie eindrücken können. Was aber nicht nötig ist, denn die *enthusiastischen Cousins* wissen, der Schlüssel liegt oben auf dem Schrank. Herla hat sich damals einen Stuhl aus der Küche geholt, um am Dach des Schrankes nach der Fransenquaste, die an dem Schlüssel hängt, zu tasten, weil er sich ein paar von den Roten ausborgen wollte.

Und jetzt hat Arla sich zwei von Herla ausgeborgt und streckt stolz seine zu Fäusten geballten Hände vor, aus denen zu beiden Seiten die Patronen herausschauen. Arla hat seinen Enthusiasmus verloren, seit Herla weg ist, er wäre lieber zu zweit.

„Heute Nacht werde ich nicht einschlafen, und spät, wenn alles ruhig und dunkel ist, werde ich wieder aufstehen, und alle Tiere im Vorhaus werden auf mich schauen und mich stumm anfeuern, und ich werde die Zweiläufige aus dem Schrank nehmen und die beiden Roten einlegen, und dann werde ich zum Schlafzimmer gehen und die Tür leise aufmachen und mich vors Doppelbett stellen, und dort werde ich warten wie ein Jäger auf der Pirsch, bis eins aufmerkt, und dann werde ich abdrücken, vielleicht wird der Rückstoß zu stark sein, und ich werde nicht gleich beim ersten Schuss treffen oder nur das Bild mit Maria und Josef und dem Jesulein auf dem Eselein, das über dem Elternbett hängt, und da wird das Glas vor dem Bild in tausend Stücke springen, und dann werde ich die Flinte fester halten und gut an der Schulter abstützen, und weil ja im zweiten Lauf eine weitere Rote ist, werde ich den anderen Abzug auch noch drücken, und diesmal werde ich treffen."

Ich wache auf, Vati steht an meinem Bett, ein kleines Pflaster an seiner rechten Schläfe.
„Komm', steh auf, wir müssen fahren, Mutti wartet."
„Aber ich dachte –"
„Mach dir keine Sorgen, alles wird gut."
„Aber. Wohin."
„Nach Hause. Zu deinem Bruder. Alles ist gut."
„Hast du gehört, heute Nacht, die Schüsse. Wer –"

Mit einem langgedehnten metallenen Seufzer unterbricht uns die Pendeluhr: *Gong!*

Und da auf diesen ersten Schlag des Chronometers fällt es mir wieder ein, und klar und deutlich kann ich sie sehen, all die Momente und Geschichten.

Heute finde ich keine Erinnerung mehr an das, was vor diesem Sommer war. Selbst die Erzählungen, Anekdoten, die sich um mein kindliches Sein vor jenem Sommer drehen, so oft ich sie auch höre, mit keiner Erinnerung sind sie zu verknüpfen. Ich weiß, ich war auch schon vorher auf der Welt, aber es kommt mir vor, als wäre dies der erste Sommer meines Lebens gewesen. Mein erster Sommer.

Dank des Autors

Günter Brus hat etwas gesehen, das der Autor damals noch nicht geschrieben hatte. Und es gezeichnet. Ein Ausschnitt davon ist am Cover.

Sepp Schellhorn mag radikale Wendungen. Deshalb hat er den Autor auf ein Artist-in-Residence-Stipendium nach Goldegg im schönsten Winter aller Zeiten eingeladen.

Martina Schmidt las etwas in dem Text, das niemand sonst erkennen konnte. Man wird sehen, ob sie recht hat.

Angelika Kittel insistierte, dass der Doppler nicht nur eine Zweilitrige ist. So wurde aus dem Defizit ein Gewinn.